JN307085

茨木のり子集　言の葉

I

筑摩書房

目次

＊　詩篇

詩集　対話　より

詩集　見えない配達夫　より

詩集　鎮魂歌　より

＊　ラジオドラマ・童話　など

茨木のり子集　言の葉　1

*

詩篇

詩集　対話　より

魂

あなたはエジプトの王妃のように
たくましく
洞窟の奥に座っている

あなたへの奉仕のために
私の足は休むことをしらない
あなたへの媚《こび》のために
くさぐさの虚飾に満ちた供物を盗んだ

けれど私は一度も見ない
暗く蒼いあなたの瞳が
湖のように　ほほえむのを
睡蓮のように花ひらくのを

獅子の頭のきざんである
巨大な椅子に座をしめて
黒檀色に匂う肌よ
ときおり私は燭《しょく》をあげ
あなたの膝下《しっか》にひざまずく
胸飾りシリウスの光を放ち
　シリウスの光を放ち

あなたはいつも瞳をあげぬ

くるいたつような空しい問答と
メタフィジックな放浪がふたたびはじまる
まれに……
私は手鏡を取り
あなたのみじめな奴隷をとらえる
いまなお〈私〉を生きることのない
この国の若者のひとつの顔が
そこに
火をはらんだまま凍っている

根府川の海

根府川
東海道の小駅
赤いカンナの咲いている駅

たっぷり栄養のある
大きな花の向うに
いつもまっさおな海がひろがっていた

中尉との恋の話をきかされながら
友と二人ここを通ったことがあった

あふれるような青春を
リュックにつめこみ
動員令をポケットに
ゆられていったこともある

燃えさかる東京をあとに
ネーブルの花の白かったふるさとへ
たどりつくときも
あなたは在った

丈高いカンナの花よ
おだやかな相模の海よ

沖に光る波のひとひら
ああそんなかがやきに似た
十代の歳月
風船のように消えた
無知で純粋で徒労だった歳月
うしなわれたたった一つの海賊箱

ほっそりと
蒼く
国をだきしめて
眉をあげていた
菜ッパ服時代の小さいあたしを
根府川の海よ
忘れはしないだろう？

女の年輪をましながら
ふたたび私は通過する
あれから八年
ひたすらに不敵なこころを育て

海よ

あなたのように

あらぬ方を眺めながら……。

対話

ネーブルの樹の下にたたずんでいると
白い花々が烈しく匂い
獅子座の首星が大きくまたたいた
つめたい若者のように呼応して
地と天のふしぎな意志の交歓を見た！
たばしる戦慄の美しさ！

のけ者にされた少女は防空頭巾を
かぶっていた　隣村のサイレンが
まだ鳴っていた

あれほど深い妬みはそののちも訪れない
対話の習性はあの夜幕を切った。

ひそかに

節分の豆は
むかし
ジャングルにまで撒かれたが

巨濤
をみとどけた者はいない
沙漠を行った者は沙漠
スマトラ女を抱いた者は腰のみのり
インドネシアの痙攣はしらず
楊柳の巷を行った者は　飛ぶわた毛
苦力《クーリー》の瞳のいろはしらず
みんなふやけて還ってきた
颯颯《さつさつ》と箒でまとめられ
中に一粒のエドガア・スノーすらまじえずに
樫の木の若者を曠野にねむらせ
しなやかなアキレス腱を海底につなぎ

おびただしい死の宝石をついやして
ついに
永遠の一片をも掠め得なかった民族よ

あきめくらは集まって
眠たげにコーヒーをすすり
鍬をかつぎ
一羽の鳩も飛ばさない
三文手品師の一行に
故なく花を投げたりする

おお遠く
パピルスから伝わる
尨大な史書に
またひとつのリフレインを追加
使いふるしたリフレインだけを？

葡萄酒のしずけさで
深夜
私の耳もとを染めてくる
この熱いものはなにか！

方言辞典

よばい星　それは流れ星
いたち道　細い小径
でべそ　出歩く婦人

こもかぶり　密造酒
ちらんぱらん　ちりぢりばらばら

のおくり
のやすみ
つぼどん
ごろすけ

考えることばはなくて
野兎の目にうつる
光のような
風のような
つくしより素朴なことばをひろい
遠い親たちからの遺産をしらべ
よくよく眺め
貧しいたんぼをゆずられた

長男然と　灯の下で
わたしの顔はくすむけれど
炉辺《ろばた》にぬぎすてられた
おやじの
木綿の仕事着をみやるほどにも
おふくろのまがった背中を
どやすほどにも
一冊の方言辞典を
わたしはせつなく愛している。

秋

1

いちにち
秋の雨がふる

ロウリエの繁みにひそんでいる
ポプラの梢を渡ってゆく
しかとわからぬものたちの
ものうく暗いさざめきが
かまどの赤い火をさそい
うたっている
うたっている

ヒマラヤ山の杉のこと

レスボス島の古いうた

いちにち
秋の陽がのぼる

海の真珠をふとらせる
紀州の蜜柑をたわませる
しかとわからぬものたちの
ポルカの小さな踊りの輪

志野の陶器の古壺を

まわっている
まわっている。

2

君の一生が
たったひとつのものだとおもうと
僕は責任を感じるなあ……
妻は黙って頬をよせた

あなたの肺葉切除のメスが
だれの上にも
そうして光りますように……

祈りが流れ
星が鳴った

出帆に
凶作の銅鑼がひびき
積荷する山の幸　海の幸なく

したしい友よ　ゆくてには
黒パンとポテトのくらしが待っている
けれど純金の鋲を打った
あなたたちの愛の詩集は
世界の本屋のどこにもない
光芒を放つこともできるだろう

祝婚歌！

美しい始源に手を振る……。

武者修行

乱雲飛び
どすぐろい風　はためく曠野
野分はいくつすぎていったか……
ふたたび武者修行のはやる季節
きたえられた宝刀を抱き
仮寝をむすぶ根なし草の氾濫

かつて父祖ら仕官のための放浪
われら今、あらゆる君主すてる旅路
人と人とのはざまは
千仞の谷
目のくらむ寂寥に堪え
無辺の空と切りむすべば
暗い暗い火花が散る
燃えつこうとして　燃えつかない

ひうち石の火のような
夜陰
丘にのぼって
小手をかざせば
無数のかれらの閃光もみえる
つめたく
もどかしい
不吉な陣痛のひきつりのような

のろし火
彼方にあがり　消え
合言葉解せぬまま
彼方にのろし火あがり　消え
狂鳥墜ち！
沼ははげしい静穏を保つ

この島にはじめて孵る深海魚の子ら！
五官にみずからの灯を入れて
野火の夢を拒絶せよ！

行きずりの黒いエトランゼに

路上　何か問いそうな黒人兵のしぐさ
気がつくと
目にもとまらぬ迅さで私は能面をつけ
あなたの質問を遮断していた

澄んだ瞳にありありとのぼる哀愁……

すれちがったあと　私の胸に
やみくもに湧く　さびしさの雲霧
片道の言葉の通路がふたつあり

あなたの友人がビールかっぱらいの名人で
あなたの白い長官がむすめを拉《らっ》する達人で
あなたのなかま数人がかたらい
沈丁花の匂うこの町のよるよる
植込みに月の輪熊のようにのっそり潜み
行人をねらったということが

いいえあなたの属しているものを

決してゆるせないということが
いいえ分析できないもっとなにかが
もしかしたら
あなたには何のかかわりもないそれらが
低いひさしの
炊煙の洩れる
とあるろじで
あなたに小さな哀しみを与えてしまった
ものだ
私の国のだれかも見知らぬ遠い果の
石畳の鋪道でおなじ小さな哀しみを

いくつも受けとったことだろう
おもえばおかしな世界である

行きずりの黒いエトランゼよ
あなたは口笛とともに
忘れ去ってしまったか

私はあのワンカットが
月日の現像液のなかで
ゆらめきながら……
次第に鮮明度をましてくるのを感じている。

内部からくさる桃

単調なくらしに耐えること
雨だれのように単調な……

恋人どうしのキスを
こころして成熟させること
一生を賭けても食べ飽きない
おいしい南の果物のように

禿鷹の闘争心を見えないものに挑むこと
つねにつねにしりもちをつきながら

ひとびとは
怒りの火薬をしめらせてはならない
まことに自己の名において立つ日のために

ひとびとは盗まなければならない
恒星と恒星の間に光る友情の秘伝を
ひとびとは探索しなければならない
山師のように 執拗に
〈埋没されてあるもの〉を
ひとりにだけふさわしく用意された
〈生の意味〉を

それらはたぶん
おそろしいものを含んでいるだろう
酩酊の銃を取るよりはるかに!
耐えきれず人は攫《つか》む
贋金をつかむように

むなしく流通するものを攫む
内部からいつもくさってくる桃、平和
日々に失格し
日々に脱落する悪たれによって
世界は
壊滅の夢にさらされてやまない。

こどもたち

こどもたちの視るものはいつも断片
それだけではなんの意味もなさない断片

たとえ視られても
おとなたちは安心している
なんにもわかりはしないさ　あれだけじゃ

しかし
それら一つ一つとの出会いは
すばらしく新鮮なので
こどもたちは永く記憶にとどめている
よろこびであったもの　驚いたもの
神秘なもの　醜いものなどを
青春が嵐のようにどっと襲ってくると
こどもたちはなぎ倒されながら
ふいにすべての記憶を紡ぎはじめる
かれらはかれらのゴブラン織を織りはじめる

その時に
父や母　教師や祖国などが
海蛇や毒草　こわれた甕　ゆがんだ顔の
イメージで　ちいさくかたどられるとしたら
それはやはり哀しいことではないのか

おとなたちにとって
ゆめゆめ油断のならないのは
なによりもまず　まわりを走るこどもたち
今はお菓子ばかりをねらいにかかっている
この栗鼠《りす》どもなのである

或る日の詩

駅のベンチに腰かける
小さな都会の　夕暮の
人参と缶詰とセロリで重い
買物籠をよせ
ゆききする人を眺める
悲哀を蛍のように包み家路をいそぐ老人
カタカタと饐《す》えた弁当箱を鳴らし

電車にとびのる若い人夫
切りたてのダリア　郵便局の娘

工学の本にひたすら傾斜する近眼の学生
彼には騒音も蟬しぐれ
戸隠の坊にでも居るような　静寂さ

浴衣をまとい
たなばたの笹の町へはしゃぎ出る黒人

アア山賊も現れた！
なんでも毟《むし》る俊敏な目
ちびた古下駄の主婦が

人生の切断面がぱっくり口を開け

真珠のように鈍くひかるものを
おもいがけず　かいまみたりもする

それら心に残ったひとびとの肩を
私はポンとたたくことが出来ない
素朴な山男のようには……

愛を岩清水のように
淡々と溢れさせえない悔恨が
私を夜の机にむかわせる
見知らぬ人へ
やさしい
いい手紙を書くつもりで
ペンは
いつのまにか
酷薄な文句を生んでいる。

知らないことが

大学の階段教室で
ひとりの学生が口をひらく
ぱくりぱくりと鰐のようにひらく
意志とはなんのかかわりもなく

戦場である恐怖に出会ってから
この発作ははじまったのだ
電車のなかでも
銀杏の下でも
ところかまわず目をさます

錐体外路系統の疾患

学生は恥じてうつむき口を掩う
しかし　年若い友らにまじり
学ぶ姿勢をいささかも崩そうとはしない

ひとりの青年を切りさいてすぎたもの
それはどんな恐怖であったのか
ひとりの青年を起きあがらせたもの
それはどんな敬虔な願いであったのか

彼がうっすらと口をあけ
ささやかな眠りにはいったとき
できることなら　ああそっと
彼の夢の中にしのびこんで
少し生意気な姉のように

〝あなたを知らないでいてごめんなさい〟と
静かに髪をなでていたい

精密な受信器はふえてゆくばかりなのに
世界のできごとは一日でわかるのに
〝知らないことが多すぎる〟と
あなたにだけは告げてみたい。

もっと強く

もっと強く願っていいのだ
わたしたちは明石の鯛がたべたいと

もっと強く願っていいのだ
わたしたちは幾種類ものジャムが
いつも食卓にあるようにと

もっと強く願っていいのだ
わたしたちは朝日の射すあかるい台所が
ほしいと

すりきれた靴はあっさりとすて
キュッと鳴る新しい靴の感触を
もっとしばしば味わいたいと

秋 旅に出たひとがあれば
ウィンクで送ってやればいいのだ

なぜだろう

萎縮することが生活なのだと
おもいこんでしまった村と町
家々のひさしは上目づかいのまぶた

おーい　小さな時計屋さん
猫背をのばし　あなたは叫んでいいのだ
今年もついに土用の鰻と会わなかったと

おーい　小さな釣道具屋さん
あなたは叫んでいいのだ
俺はまだ伊勢の海もみていないと

女がほしければ奪うのもいいのだ
男がほしければ奪うのもいいのだ

ああ　わたしたちが

もっともっと貪婪にならないかぎり
なにごとも始まりはしないのだ。

小さな渦巻

ひとりの籠屋が竹籠を編む
なめらかに　魔法のように美しく
ひとりの医師がこつこつと統計表を
埋めている　尨大なものにつながる
きれっぱし
ひとりの若い俳優は憧憬の表情を

今日も必死に再現している
ひとりの老いた百姓の皮肉は
〈忘れられない言葉〉となって
誰かの胸にたしかに育つ

ひとりの人間の真摯な仕事は
おもいもかけない遠いところで
小さな小さな渦巻をつくる

それは風に運ばれる種子よりも自由に
すきな進路をとり
すきなところに花を咲かせる
私がものを考える
私がなにかを選びとる

私の魂が上等のチーズのように
練られてゆこうとするのも
みんな　どこからともなく飛んできたり
ふしぎな磁力でひきよせられたりした
この小さく鋭い龍巻のせいだ

むかし隣国の塩と隣国の米が
　　交換されたように
現在　遠方の蘭と遠方の貨幣が
　　飛行便で取引きされるように
それほどあからさまではないけれど
耳をひらき
目をひらいていると
そうそうと流れる力強い
ある精緻な方則が
地球をやさしくしているのが　わかる

たくさんのすばらしい贈物を
いくたび貰ったことだろう
こうしてある朝　ある夕

私もまた　ためらわない
文字達を間断なく　さらい
一篇の詩を成す
このはかない作業をけっして。

劇

〈人間は本来もっと溌剌としたものだ〉

どこからの音信だったのだろう
ふいの便り

汽車は波うちぎわを走っていた
レールまでしぶきをあげて迫ってくる
日本海の冬の波濤
小さく明るい駅長室をいくつも過ぎ
吹雪の夜をひたばしる

私はいま
暗い家からの帰り
嫁と姑がお互いに死ぬことばかりを
待ちながら相前後して逝った家からの帰り
私はひそかに願っていたのだ
幾百年　葦火を焚きつづけて倦《う》まない
あの大きな大きないろりばたで

憎しみのはてに展開する二人のドラマを！
——まぎれなく私の系譜もそこにつながる——

ひとつの屋根の下で最後まで
ふたりは何ひとつ交えることなく
共通の墓に入っていった
驚愕の瞳をひらき凍りつくつめたさのまま

劇
それはみずから立って
無慙な蛙そっくり
大地にたたきつけられることだ
そしてふたたび立つことだ
あるいは立てぬままかもしれない
傷つくことがなぜこんなに

おそろしいのだろう
たった一度の選択の瞬間
きまって私の選ぶのも
いつもやさしい野花の咲く
うらうらとした道だった
わたくしたちの母なる歴史が
堪えがたく　ひよわなのも
果されなかった劇の　無数の劇の
黒い執念だけが　しめった薪のように
後へ後へ積まれてゆくからではないか？

私の中にするどく怯え
はげしい　飢渇を訴える　未知の人よ
静かにするのだ
次の機会こそ
慄えずにやってのけねばならないのだから。

いちど視たもの

――一九五五年八月十五日のために――

いちど視たものを忘れないでいよう

パリの女はくされていて
凱旋門をくぐったドイツの兵士に
ミモザの花　すみれの花を
雨とふらせたのです……
小学校の校庭で
わたしたちは習ったけれど
快晴の日に視たものは

強かったパリの魂!

いちど視たものを忘れないでいよう

支那はおおよそつまらない
教師は大胆に東洋史をまたいで過ぎた
霞む大地 霞む大河
ばかな民族がうごめいていると
海の異様にうねる日に
わたしたちの視たものは
廻り舞台の鮮やかさで
あらわれてきた中国の姿!

いちど視たものを忘れないでいよう

日本の女は梅のりりしさ

恥のためには舌をも嚙むと
蓋をあければ失せていた古墳の冠
ああ　かつてそんなものもあったろうか
戦いおわってある時
東北の農夫が英国の捕虜たちに
やさしかったことが　ふっと
明るみに出たりした

すべては動くものであり
すべては深い翳をもち
なにひとつ信じてしまってはならない
のであり
がらくたの中におそるべきカラットの
宝石が埋もれ
歴史は視るに価するなにものかであった

夏草しげる焼跡にしゃがみ
若かったわたくしは
ひとつの眼球をひろった
遠近法の測定たしかな
つめたく　さわやかな！

たったひとつの獲得品
日とともに悟る
この武器はすばらしく高価についた武器
舌なめずりして私は生きよう！

準備する

〈むかしひとびとの間には
　あたたかい共感が流れていたものだ〉
少し年老いてこころないひとたちが語る

そう
たしかに地下壕のなかで
みしらぬひとたちとにがいパンを
分けあったし
べたべたと
誰とでも手をとって
猛火の下を逃げまわった

弱者の共感
蛆虫の共感
殺戮につながった共感

断じてなつかしみはしないだろう
わたしたちは

さびしい季節
みのらぬ時間
たえだえの時代が
わたしたちの時代なら
私は親愛のキスをする　その額に
不毛こそは豊穣のための〈なにか〉
はげしく試される〈なにか〉なのだ

野分のあとを繕うように
果樹のまわりをまわるように
畑を深く掘りおこすように
わたしたちは準備する
遠い道草　永い停滞に耐え

忘れられたひと
忘れられた書物
忘れられたくるしみたちをも招き
たくさんのことを黙々と

わたしたちのみんなが去ってしまった後に
醒めて美しい人間と人間との共感が
匂いたかく花ひらいたとしても
わたしたちの皮膚はもうそれを
感じることはできないのだとしても

あるいはついにそんなものは
誕生することがないのだとしても
わたしたちは準備することを
やめないだろう
ほんとうの　死と

生と
共感のために。

詩集　見えない配達夫　より

見えない配達夫

I

三月　桃の花はひらき
五月　藤の花々はいっせいに乱れ
九月　葡萄の棚に葡萄は重く
十一月　青い蜜柑は熟れはじめる

地の下には少しまぬけな配達夫がいて
帽子をあみだにペタルをふんでいるのだろう

かれらは伝える　根から根へ
逝きやすい季節のこころを

世界中の桃の木に　世界中のレモンの木に
すべての植物たちのもとに
どっさりの手紙　どっさりの指令
かれらもまごつく　とりわけ春と秋には

えんどうの花の咲くときや
どんぐりの実の落ちるときが
北と南で少しずつずれたりするのも
きっとそのせいにちがいない

秋のしだいに深まってゆく朝
いちぢくをもいでいると
古参の配達夫に叱られている

へまなアルバイト達の気配があった

Ⅱ

三月　雛のあられを切り
五月　メーデーのうた巷にながれ
九月　稲と台風とをやぶにらみ
十一月　あまたの若者があまたの娘と盃を交す

地の上にも国籍不明の郵便局があって
見えない配達夫がとても律儀に走っている
かれらは伝える　ひとびとへ
逝きやすい時代のこころを

世界中の窓々に　世界中の扉々に
すべての民族の朝と夜とに

どっさりの暗示　どっさりの警告
かれらもまごつく　大戦の後や荒廃の地では
ルネッサンスの花咲くときや
革命の実のみのるときが
北と南で少しずつずれたりするのも
きっとそのせいにちがいない

未知の年があける朝
じっとまぶたをあわせると
虚無を肥料に咲き出ようとする
人間たちの花々もあった

敵について

私の敵はどこにいるの？

　君の敵はそれです
　君の敵はあれです
　君の敵はまちがいなくこれです
　ぼくら皆の敵はあなたの敵でもあるのです

ああその答のさわやかさ　明解さ

　あなたはまだわからないのですか
　あなたはまだ本当の生活者じゃない
　あなたは見れども見えずの口ですよ

あるいはそうかもしれない敵は……

敵は昔のように鎧かぶとで一騎
おどり出てくるものじゃない
現代では計算尺や高等数学やデータを
駆使して算出されるものなのです

でもなんだかその敵は
私をふるいたたせない
組みついたらまたただのオトリだったりして
味方だったりして……そんな心配が

なまけもの
なまけもの
なまけもの
君は生涯敵に会えない
君は生涯生きることがない

いいえ私は探しているの　私の敵を

敵は探すものじゃない
ひしひしとぼくらを取りかこんでいるもの

いいえ私は待っているの　私の敵を

敵は待つものじゃない
日々にぼくらを侵すもの

いいえ邂逅の瞬間がある！
私の爪も歯も耳も手足も髪も逆だって
敵！　と叫ぶことのできる
私の敵！　と叫ぶことのできる
ひとつの出会いがきっと　ある

ぎらりと光るダイヤのような日

短い生涯
とてもとても短い生涯
六十年か七十年の

お百姓はどれほど田植えをするのだろう
コックはパイをどれ位焼くのだろう
教師は同じことをどれ位しゃべるのだろう

子供たちは地球の住人になるために
文法や算数や魚の生態なんかを

しこたまつめこまれる

それから品種の改良や
りふじんな権力との闘いや
不正な裁判の攻撃や
泣きたいような雑用や
ばかな戦争の後始末をして
研究や精進や結婚などがあって
小さな赤ん坊が生れたりすると
考えたりもっと違った自分になりたい
欲望などはもはや贅沢品になってしまう

世界に別れを告げる日に
ひとは一生をふりかえって
じぶんが本当に生きた日が
あまりにすくなかったことに驚くだろう

指折り数えるほどしかない
その日々の中の一つには
恋人との最初の一瞥の
するどい閃光などもまじっているだろう
〈本当に生きた日〉は人によって
たしかに違う
ぎらりと光るダイヤのような日は
銃殺の朝であったり
アトリエの夜であったり
果樹園のまひるであったり
未明のスクラムであったりするのだ

生きているもの・死んでいるもの

生きている林檎　死んでいる林檎
それをどうして区別しよう
籠を下げて　明るい店さきに立って

生きている料理　死んでいる料理
それをどうして味わけよう
ろばたで　峠で　レストランで

生きている心　死んでいる心
それをどうして聴きわけよう
はばたく気配や　深い沈黙　ひびかぬ暗さを

生きている心　死んでいる心

それをどうしてつきとめよう
二人が仲よく酔いどれて　もつれて行くのを

生きている国　死んでいる国
それをどうして見破ろう
似たりよったりの虐殺の今日から

生きているもの　死んでいるもの
ふたつは寄り添い　一緒に並ぶ
いつでも　どこででも　姿をくらまし

姿をくらまし

ジャン・ポウル・サルトルに

——ユダヤ人を読んで——

どこかの村のなつかしい風俗のように
わたしはいつも頭の上に
大きな籠を乗せている

籠のなかにはいくつもの疑惑がいっぱい
醱酵するパンのようなもの
熟しかかったくだもの
しなびてしまった棗《なつめ》の実
醒めんとして醒めずまだまどろんでいる
怠惰な花の蕾のようなものがいっぱい

晩い春のある夕暮

一冊の薄いユダヤ人を読み終えて
静かに伏せると
突然籠のなかの疑惑のひとつが
見事に割れた　ざくろのように

ユダヤ人はなぜ迫害されるのか
ユダヤ人はなぜ憎まれるのか
ユダヤ人はなぜ金貨に唇をおしあてるのか
熱烈に　濃厚に　性的に近く
そうしてさびしげに……
素朴なしかし消えることのなかった疑惑が
一度に爆発する

基督を輝かせるために長く陰翳の役を
担ってきたかれら
事があれば一番はじめに槍玉にあがるかれら

解放のうたが鳴りひびくときは
忘れられてしまう闘ったかれら
いかなる操作にも溶解しない気がかりな
いらだたしい或る結晶!
いためつけられ追われ
共同の記憶を持たないことによって
歴史を持たされなかったことによって
一番古い民族は一番新しい民族として
世界をさまよい歩いたのだ
人間性とよばれるものの暗い暗い手が
無意識に動いて　生み　育て
つきはなした標的　ユダヤ人
〈うまくゆかないのは皆あいつのせいだ〉
朝鮮のひとびとが大震災の東京で
なぜ罪なく殺されたのか

黒い女学生はなぜカレッヂで学ぶことが
できないのか
わたしたちすら誰かにとってのジュウに
擬せられてはいないか
わたしには一度にわかる
連鎖して立ついたましい事件の数々が

サルトル氏
わたしはあなたを深く知っているわけではない
ユダヤ人の生態も表情も身近なものではない
人間への戦慄はまたひとつ増えたが
とまれ今あるものは純粋なひとつのよろこび！

現実の髭がこのために
たとえピクリともしなくたって
これはきっといいことに違いない

一九四七年あなたがパリで執筆した
――ユダヤ人問題についての考察――が
一九五六年
毎朝毎朝洗濯ものを万国旗のようにかかげる
わたしの暮しのなかに
とどいたということは

悪童たち

春休みの悪童たち
所在なしに
わが家の塀に石を投げる
石は

古びた塀をつきぬけ硝子窓に命中する
思うに
キャッとばかり飛び出してゆく私の姿を
見ようがための悪戯で
桜の木から偵察兵のちびが
するすると逃げてゆくのも目撃した
花泥棒とか実を盗むのならかわいいのだけれど
ある日
とうとう一味の三人を摑まえた
　学校名を言いなさい！　何年生？
　だれがしたの？
　あなたたちの家　どこ？
　あなたたちのお母さんに
　言わなければならないことがある！
一味は頑として口を割らず
逃げた首謀者を庇っている

かれらにはかれらの掟があり
沈黙は抵抗運動の仲間のように完璧だ
私の叫びを不敵な笑いで眺められると
ぎりぎりと拷問しても
泥を吐かせたいさざなみが立ってくる

アルジェリア！
腐臭が薫風にのってくる
わが青春の日に讃えたフランスの魂は
十数年で錆を呼んでしまったのか！
　おまわりさんを呼んでくる
　という一言をぐっと押さえ
　割られた窓を繕いに
　私は顔をあからめてくびすを返す

次の日は戦法をかえる

塀に石の鳴る時刻
私はほんきでやさしい気持を作って出てゆく
　あなたたち　そうしないでね
自分の家の塀にそうされたら
困るでしょう
　硝子を割られると本当に困るのよ
ガラスはもはやガラスではなく
微妙であやしげな人間の権利そのものの
顫《ふる》えだ
子供たちはウンという

やさしい言葉で人を征服するのは
なんてむつかしく　しんどい仕事だろう
悪童の顔ぶれは毎日違い
私は毎日出てゆかなければならない
遠視の眼鏡をずりあげながら

シャボンの泡だらけになりながら
菜切庖丁を持ったりしたままで
塀ひとつむこう
夕暮などは
蚊柱のように群れている子供たちの広場へ

六月

どこかに美しい村はないか
一日の仕事の終りには一杯の黒麦酒《ビール》
鍬《くわ》を立てかけ　籠を置き
男も女も大きなジョッキをかたむける

どこかに美しい街はないか
食べられる実をつけた街路樹が
どこまでも続き　すみれいろした夕暮は
若者のやさしいさざめきで満ち満ちる

どこかに美しい人と人との力はないか
同じ時代をともに生きる
したしさとおかしさとそうして怒りが
鋭い力となって　たちあらわれる

旅で出会った無頼漢

旅で出会った無頼漢

もみあげ長くパナマをかぶり
蝗《いなご》のように瘠せたやつ
アロハの裾をパタパタさせて
〈この夏ァ　佐渡でカンヅメだったぜ〉
まあ流行作家のようですこと
魚飛ぶ
青い海
しぶきに髪を濡しながら
へっぽこ詩人は考えている
芭蕉というのはにっくき先輩
甲板をわがもの顔に荒しまわり
蝗は酔って寝てしまった
高い鼻に胸でも病んでいるらしい
影を沈ませ

遠ざかる佐渡はさみしい島だった
おけさもさみしい踊りだった
　囚人のようにやるせない
羽田を飛びたつ客達も
こんな思いを懐くのだろうか
　ばらまかれた四つの島に

気がめいりそうにさみしくて

華麗で
から元気で
顰蹙《ひんしゅく》を買い
バナナでも担いだら似合いそうなスタイルで
人なつこかった無頼漢
佐渡と新潟の波の上
彼の姿がへんに哀しく蘇る

山の女に

早春
生れ出てくる子供のために
ランプの下でこまごまと縫いものをする
あなたの頬は赤くほてって
からだはまるまるとふとって
まるでルノアールの描いた女のように
色彩的だ
緬羊《めんよう》と山羊と犬を従えて
晩秋の道を行くあなたは
どこの国の女王様よりも立派で支配的だ
連なる山脈からぐいぐい昇る太陽が

ずいとあなた達の食堂に入りこむ頃
あなたの夫は地下足袋を穿いて
山林の測量や植林に出かけて行く
ここ海抜六〇〇米の開拓地
風をよけて山腹にぽつんと建てられた
あなた達の家はからまつや山ざくらと
深い調和を保っている
〝オランダでは新しい家を建てると
すぐに八本の果樹を植えるそうですね
ぼくたちも……〟
あなたの夫は夢を語ってやまない
山菜を貯え　山葡萄の酒をかもし
若い二人はあらゆるものに挑む
若さはすばらしい
まだ疲れていないことはすばらしい
とうきびがシャンデリアのように

びっしり吊された茶の間で
わたしは憶う
わたしの夢みる未来のくらしが
人間の始源時代の生活と
ほとんど似通っていることを

時雨の峠ですれちがうきこりは
人とみれば野太い声を投げかける
月明に兎が走ると　飼われた犬は
ふしぎな声で吠えたてる
どんな山ひだにも谷あいにも人が居て
ひっそりと紫いろの煙をあげていることは
胸が痛くなるほど　いとおしい

たちまちしぐれ　たちまち晴れ
水晶のように澄む山を下って

わたしはまた塵埃《じんあい》のまちに帰る
たくましく
美しいイメージを貰ったことを
言葉すくないあなたに謝して
ふたたび狸よりひどいやつらの
うろつく街へ！
太陽も土も青菜も知らぬ鶏が
ただ食べられるためにだけ
陸続と生産される
悪い工場のある街だ！

わたしが一番きれいだったとき

わたしが一番きれいだったとき
街々はがらがら崩れていって
とんでもないところから
青空なんかが見えたりした

わたしが一番きれいだったとき
まわりの人達が沢山死んだ
工場で　海で　名もない島で
わたしはおしゃれのきっかけを落してしまった

わたしが一番きれいだったとき
だれもやさしい贈物を捧げてはくれなかった
男たちは挙手の礼しか知らなくて
きれいな眼差だけを残し皆発っていった

わたしが一番きれいだったとき

わたしの頭はからっぽで
わたしの心はかたくなで
手足ばかりが栗色に光った

わたしが一番きれいだったとき
わたしの国は戦争で負けた
そんな馬鹿なことってあるものか
ブラウスの腕をまくり卑屈な町をのし歩いた

わたしが一番きれいだったとき
ラジオからはジャズが溢れた
禁煙を破ったときのようにくらくらしながら
わたしは異国の甘い音楽をむさぼった

わたしが一番きれいだったとき
わたしはとてもふしあわせ

わたしはとてもとんちんかん
わたしはめっぽうさびしかった
だから決めた　できれば長生きすることに
年とってから凄く美しい絵を描いた
フランスのルオー爺さんのように
　　　　　　　　　　ね

学校　あの不思議な場所

午後の教室に夕日さし
ドイツ語の教科書に夕日さし
頁がやわらかな薔薇いろに染った

若い教師は厳しくて
笑顔をひとつもみせなかった
彼はいつ戦場に向うかもしれず
私たちに古いドイツの民謡を教えていた
時間はゆったり流れていた
時間は緊密にゆったり流れていた
青春というときに
ゆくりなく思い出されるのは　午後の教室
やわらかな薔薇いろに染った教科書の頁
なにが書かれていたのかは
今はすっかり忘れてしまった
〝ぼくたちよりずっと若いひと達が
なにに妨げられることもなく
すきな勉強をできるのはいいなァ
ほんとにいいなァ〟
満天の星を眺めながら

脈絡もなくおない年の友人がふっと呟く
学校　あの不思議な場所
校門をくぐりながら蛇蝎《だかつ》のごとく嫌ったところ
飛びたつと
森のようになつかしいところ
今日もあまたの小さな森で
水仙のような友情が生れ匂ったりしているだろう
新しい葡萄酒のように
なにかがごちゃまぜに醱酵したりしているだろう
飛びたつ者たち
自由の小鳥になれ
自由の猛禽になれ

小さな娘が思ったこと

小さな娘が思ったこと
ひとの奥さんの肩はなぜあんなに匂うのだろう
木犀みたいに
くちなしみたいに
ひとの奥さんの肩にかかる
あの淡い靄《もや》のようなものは
なんだろう？
小さな娘は自分もそれを欲しいと思った
どんなきれいな娘にもない
とても素敵な或るなにか……
・

小さな娘がおとなになって
妻になって母になって
ある日不意に気づいてしまう
ひとの奥さんの肩にふりつもる
あのやさしいものは
日々
ひとを愛してゆくための
ただの疲労であったと

あほらしい唄

この川べりであなたと

ビールを飲んだ　だからここは好きな店

七月のきれいな晩だった
あなたの坐った椅子はあれ　でも三人だった

小さな提灯がいくつもともり　けむっていて
あなたは楽しい冗談をばらまいた

二人の時にはお説教ばかり
荒々しいことはなんにもしないで

でもわかるの　わたしには
あなたの深いまなざしが

早くわたしの心に橋を架けて
別の誰かに架けられないうちに

わたし　ためらわずに渡る
あなたのところへ

そうしたらもう後へ戻れない
跳ね橋のようにして

ゴッホの絵にあった
アルル地方の素朴で明るい跳ね橋！

娘は誘惑されなくちゃいけないの
それもあなたのようなひとから

はじめての町

はじめての町に入ってゆくとき
わたしの心はかすかにときめく
そば屋があって
寿司屋があって
デニムのズボンがぶらさがり
砂ぼこりがあって
自転車がのりすてられてあって
変りばえしない町
それでもわたしは十分ときめく

見なれぬ山が迫っていて
見なれぬ川が流れていて
いくつかの伝説が眠っている
わたしはすぐに見つけてしまう
その町のほくろを
その町の秘密を
その町の悲鳴を

はじめての町に入ってゆくとき
わたしはポケットに手を入れて
風来坊のように歩く
たとえ用事でやってきてもさ

お天気の日なら
町の空には
きれいないろの淡い風船が漂う

その町の人たちは気づかないけれど
はじめてやってきたわたしにはよく見える
なぜって あれは
その町に生れ その町に育ち けれど
遠くで死ななければならなかった者たちの
魂なのだ
そそくさと流れていったのは
遠くに嫁いだ女のひとりが
ふるさとをなつかしむあまり
遊びにやってきたのだ
魂だけで うかうかと

そうしてわたしは好きになる
日本のささやかな町たちを
水のきれいな町 ちゃちな町
とろろ汁のおいしい町 がんこな町

雪深い町　菜の花にかこまれた町
目をつりあげた町　海のみえる町
男どものいばる町　女たちのはりきる町

奥武蔵にて

高麗村

栗の花のふさふさ垂れる道
むかしの高句麗の王が亡命して住んだ村
瓦を焼き野をひらき
ついにふるさとに帰れなかったひと
今も屋根のそりにふるさとの名残りを

とどめる子孫

顔振峠

美しい風景にみとれて
顔をふりふり落ちのびていった
義経のためにこの名がついている峠
伝説をそのままやさしく抱きとって
秩父連山を眺める
山腹に風影《フカゲ》というひとかたまりの部落

ぐみの木

おっぺ川岸のぐみの木
官軍を迎えてちりぢりに敗れ
傷ついた参謀のひとりは自刃の場所を

この木の下に選ぶ
ぐみはまだ実もつけず
川面に少しかしいでいる

＊

せせらぎの音にまじり
林を抜ける風にまじり
とある日
きこえたりする
あの話し声はなに？
なつかしいしわぶきのようなもの
きれぎれな内緒ばなしのようなもの
あれは祖父達の果されなかった夢？
あれは祖母達の風化された秘め事？
踏みなれた
ひょろひょろ橋を渡りながら

いくつかの魂が　ふと
兎のような聴耳をたてる

くだものたち

杏

信濃のあもりという村は　杏の産地
多くの絵描きがやってくる　私の心の画廊にも
小さな額縁がひとつ　その中で杏の花は
咲いたり　散ったり　実ったりする

葡萄

もぎたての葡萄は　手のなかで怯える
小鳥のよう　どの袋にも紫色のきらめきを湛え
少女の美しくも短い
ある期間のこころとからだのよう

プラム

夏はプラムを沢山買う
生きているのを確かめるため
負けいくさの思い出のため　一個のプラムが
ルビィよりも貴かった頃のかなしさのために

長十郎梨

お前を手に持って村道に現れる子供

縄の帯などしめて 鼻を垂らして
無骨なお前を齧るとほんとうに淡い甘さ
消えた東洋の昔話がさくさくとよみがえる

・

蜜柑

ある年の蜜柑の花の匂うときに
わたくしもはじめての恋をした
どうしていいのかわからなかったので
それは時すぎて今も幼い芳香を放ったまま

名前を忘れたくだもの

女房を質に入れても食べるという
名前は忘れた南の木の実
そんな蠱惑《こわく》に満ちた木がどこかに生えているなんて

絶望ばかりもしていられない

夏の星に

まばゆいばかり
豪華にばらまかれ
ふるほどに
星々
あれは蠍《さそり》座の赤く怒る首星　アンタレース
永久にそれを追わねばならない射手座の弓
印度人という名の星はどれだろう
天の川を悠々と飛ぶ白鳥
しっぽにデネブを光らせて

頸の長い大きなスワンよ！
アンドロメダはまだいましめを解かれぬままだし
冠座はかぶりてのないままに
そっと置かれて誰かをじっと待っている
屑の星　粒の星　名のない星々
うつくしい者たちよ
わたくしが地上の宝石を欲しがらないのは
すでに
あなた達を視てしまったからなのだ　きっと

大学を出た奥さん

大学を出たお嬢さん

田舎の旧家にお嫁に行った
長男坊があまりすてきで
留学試験はついにあきらめ
ピイピイ

大学を出た奥さん
智識はぴかぴかのステンレス
赤ん坊のおしめ取り替えながら
ジュネを語る　塩の小壺に学名を貼る
ピイピイ

大学を出たあねさま
お正月には泣きべそをかく
村中総出でワッと来られ　朱塗のお膳だ
とっくりだ　お燗だ　サカナだ
ピイピイ

大学を出たかかさま
麦畑のなかを自転車で行く
だいぶ貫禄ついたのう
村会議員にどうだろうか　悪くないぞ

ピイピイ

せめて銀貨の三枚や四枚

言葉をもたない
やさしいものたち
がらくたの中で
光っているものたち

私に使われたがって
ウインクする壺や
頸をのばす匙や
ふてくされている樫の木の椅子
いろいろな合図を受けとると
私は落ちつかなくなる
文なしの時は
見捨ててゆかなくちゃならないのだから
せめて
銀貨の三枚や四枚
いつもちゃらちゃらさせていよう
安くて　美しいものたちとの
ささやかな邂逅を逃さないために

怒るときと許すとき

女がひとり
頰杖をついて
慣れない煙草をぷかぷかふかし
油断すればぽたぽた垂れる涙を
水道栓のように　きっちり締め
男を許すべきか　怒るべきかについて
思いをめぐらせている
庭のばらも焼林檎も整理簞笥も灰皿も
今朝はみんなばらばらで糸のきれた頸飾りのようだ
噴火して　裁いたあとというものは

山姥のようにそくそくと寂しいので
今度もまたたぶん許してしまうことになるだろう
じぶんの傷あとにはまやかしの薬を
ふんだんに塗って
　これは断じて経済の問題なんかじゃない

女たちは長く長く許してきた
あまりに長く許してきたので
どこの国の女たちも鉛の兵隊しか
生めなくなったのではないか？
このあたりでひとつ
男の鼻っぱしらをボイーンと殴り
アマゾンの焚火でも囲むべきではないか？
女のひとのやさしさは
長く世界の潤滑油であったけれど
それがなにを生んできたというのだろう？

女がひとり
頬杖をついて
慣れない煙草をぷかぷかふかし
ちっぽけな自分の巣と
蜂の巣をついたような世界の間を
行ったり来たりしながら
怒るときと許すときのタイミングが
うまく計れないことについて
まったく途方にくれていた
それを教えてくれるのは
物わかりのいい伯母様でも
深遠な本でも
黴の生えた歴史でもない
たったひとつわかっているのは
自分でそれを発見しなければならない

というこどだった

おんなのことば

いとしい人には
沢山の仇名をつけてあげよう
小動物や　ギリシャの神々
猛獣なんかになぞらえて
愛しあう夜には
やさしい言葉を
そっと呼びにゆこう
闇にまぎれて
子供たちには

ありったけの物語を話してきかせよう
やがてどんな運命でも
ドッジボールのように受けとめられるように

満員電車のなかで
したたか足を踏まれたら
大いに叫ぼう　あんぽんたん！
いったいぜんたい人の足を何だと思ってるの

生きてゆくぎりぎりの線を侵されたら
言葉を発射させるのだ
ラッセル姐御の二挺拳銃のように
百発百中の小気味よさで

ことば
ことば

おんなのことば
しなやかで　匂いに満ち
あやしく動くいきものなのだ
ああ
しかしわたくしたちのふるさとでは
女の言葉は規格品
精彩のない冷凍もの
わびしい人工の湖だ！

道でぱったり奥さまに出会い
買物籠をうしろ手に　夫の噂　子供の安否
お天気のこと　税金のこと
新聞記事のきれっぱし
蜜をからめた他人の悪口
喋っても
喋っても

さびしくなるばかり
二人の言葉のダムはなんという貧しさだろう
やがて二人はいつのまにか
二匹の鯉になってしまう
口ばかりぱくぱくあけて
意味ないことを喋り散らす
大きな緋鯉に!
そのうち二匹は眠くなる
喋りながら 喋りながら
だんだん気が遠くなってゆくなんて
これは
まひるの惨劇でなくてなんだろう
わたしの鰭《ひれ》は痺れながら
ゆっくり動いて
呼子を鳴らす
しぐさになる

友あり　近方よりきたる

友あり　近方よりきたる
まことに困ったことになった
ワインは雀の涙ほどしかないし
すてきなお菓子もゆうべでおしまい
果物をもぎに走る果樹園もうしろに控えてはいず
多忙にて
この部屋もうっすら埃がたまっている
まあ落ちついて　落ちついて
ひとの顔さえ見れば御馳走の心配をする
なぞは田舎風というものだ

いえ　田舎風などと言ってはいけない
その日暮しの根の浅さを不意に襲われた
これは単なる狼狽である
この時古風な絵のように
私の頭に浮んできた戸棚の中の桜桃の皿
ああ助かった
あれは遠方の友より送られた
つややかな桜の木の実
一つ一つ含みながら
せめて言葉のシャンペンを抜こう
シャンペンとはどんなお酒か知らないが
勢のいいことはほぼたしか
明日までにどうしてもしなければならない
仕事なんて　そんなに沢山あるもんじゃない
ほとほとと人の家の扉を叩き
訪ねてきてくれたこころの方が大切だ

沸騰するおしゃべりに酔っぱらい
ざくざくと撒き散らそう宝石のように結晶した話を
ひとの悪口は悪口らしく
凄惨に　ずたずたに　やってやれ
女ともだちの顫《ふる》える怒りはマッチの火伝いに貰うことにしよう
このひととき「光る話」を充満させるために
飾りを毟《むし》れ　飾りを毟れ
わが魂らしきものよ！
近方の友は
痛みと恥を隠さぬことによって
斬新なルポをさりげなく残してゆく
わたくしもまた
そしらぬ顔で　ぺたりと貼りたい　彼女の心に
忘れられない話を二つ三つ
今はもうあまりはやらない旅行鞄のラベルのように

詩集 鎮魂歌 より

花の名

「浜松はとても進歩的ですよ」
「と申しますと?」
「全裸になっちまうんです 浜松のストリップ そりゃあ進歩的です」
なるほどそういう使い方もあるわけか 進歩的!
登山帽の男はひどく陽気だった
千住に住む甥ッ子が女と同棲しちまって
しかたないから結婚式をあげてやりにゆくという
「あなた先生ですか?」
「いいえ」

「じゃ絵描きさん？」
「いいえ
以前　女探偵かって言われたこともあります
やはり汽車のなかで」
「はっはっはっは」
　わたしは告別式の帰り
父の骨を柳の箸でつまんできて
はかなさが十一月の風のようです
　黙って行きたいのです
「今日は戦時中のように混みますね
お花見どきだから　あなた何年生れ？
へええ　じゃ僕とおない年だ　こりゃ愉快！
ラバウルの生き残りですよ　僕　まったくひどいもんだった
さらばラバウルよって唄　知ってる？
いい歌だったなあ」
　かつてのますらお・ますらめも

だいぶくたびれたものだと
お互いふっと眼を据える
吉凶あいむかい賑やかに東海道をのぼるより
仕方がなさそうな
「娯楽のためにも殺気だつんだからな
でもごらんなさい　桜の花がまっさかりだ
海の色といいなあ
僕　いろいろ花の名前を覚えたいと思ってンですよ
あなた知りませんか？　ううんとね
大きな白い花がいちめんに咲いてて……」
「いい匂いがして　今ごろ咲く花？」
「そう　とても豪華な感じのする」
「印度の花のようでしょう」
「そう　そう」
「泰山木じゃないかしら？」
「ははァ　泰山木……僕長い間

知りたがってたんだ　どんな字を書くんです？
なるほど　メモしとこう」
女のひとが花の名前を沢山知っているのなんか
とてもいいものだよ
父の古い言葉がゆっくりよぎる
物心ついてからどれほど怖れてきただろう
死別の日を
歳月はあなたとの別れの準備のために
おおかた費されてきたように思われる
いい男だったわ　お父さん
娘が捧げる一輪の花
生きている時言いたくて
言えなかった言葉です
棺のまわりに誰も居なくなったとき
私はそっと近づいて父の顔に頰をよせた
氷ともちがう陶器ともちがう

ふしぎなつめたさ
菜の花畑のまんなかの火葬場から
ビスケットを焼くような黒い煙がひとすじ昇る
ふるさとの海べの町はへんに明るく
すべてを童話に見せてしまう
鱶に足を喰いちぎられたとか
農機具に手をまき込まれたとか
耳に虻が入って泣きわめくちび　交通事故
自殺未遂　腸捻転　破傷風　麻薬泥棒
田舎の外科医だったあなたは
他人に襲いかかる死神を力まかせにぐいぐい
のけぞらせ　つきとばす
昼もなく夜もない精悍な獅子でした
まったく突然の
少しの苦しみもない安らかな死は
だから何者からかの御褒美ではなかったかしら

「今日はお日柄もよろしく……仲人なんて
照れるなあ　あれ！　僕のモーニングの上に
どんどん荷物が　ま　いいや　しかし
東京に住もうとは思わないなあ
ありゃ人間の住むとこじゃない
田舎じゃ誠意をもってつきあえば友達は
ジャカスカ出来るしねえ　僕は材木屋です
子供は三人　あなたは？」
父の葬儀に鳥や獣はこなかったけれど
花びら散りかかる小型の涅槃図
白痴のすーやんがやってきて廻らぬ舌で
かきくどく
誰も相手にしないすーやんを
父はやさしく診てあげた
私の頰をしたたか濡らす熱い塩化ナトリウムのしたたり
農夫　下駄屋　おもちゃ屋　八百屋

漁師　うどんや　瓦屋　小使い
好きだった名もないひとびとに囲まれて
ひとすじの煙となった野辺のおくり
棺を覆うて始めてわかる
味噌くさくはなかったから上味噌であった仏教徒
吉良《きら》町のチエホフよ
　さようなら
「旅は道ずれというけれど　いやあお蔭さんで
楽しかったな　じゃ　お達者でね」
東京駅のプラットフォームに登山帽がまったく
紛れてしまったとき　あ　と叫ぶ
あのひとが指したのは辛夷の花ではなかったかしら
そうだ泰山木は六月の花
もう咲いていたというのなら辛夷の花
ああ　なんというううわのそら
娘の頃に父はしきりに言ったものだ

「お前は馬鹿だ」
「お前は抜けている」
「お前は途方もない馬鹿だ」
リバガアゼでも詰め込むようにせっせと
世の中に出てみたら左程の馬鹿でもないことが
かなりはっきりしたけれど
あれは何を怖れていたのですか　父上よ
それにしても今日はほんとに一寸　馬鹿
かの登山帽の戦中派
花の名前の誤りを
何時　何処で　どんな顔して
気付いてくれることだろう

女の子のマーチ

男の子をいじめるのは好き
男の子をキイキイいわせるのは大好き
今日も学校で二郎の頭を殴ってやった
二郎はキャンといって尻尾をまいて逃げてった
　二郎の頭は石頭
　べんとう箱がへっこんだ

パパはいう　お医者のパパはいう
女の子は暴れちゃいけない
からだの中に大事な部屋があるんだから

静かにしておいで　やさしくしておいで
　そんな部屋どこにあるの
　　今夜探険してみよう

おばあちゃまは怒る　梅干ばあちゃま
魚をきれいに食べない子は追い出されます
お嫁に行っても三日ともたず返されます
頭と尻尾だけ残し　あとはきれいに食べなさい
　　お嫁になんか行かないから
　魚の骸骨みたくない

パン屋のおじさんが叫んでた
強くなったは女と靴下　女と靴下ァ
パンかかえ奥さんたちが笑ってた
あったりまえ　それにはそれの理由《わけ》があるのよ
　あたしも強くなろうっと！

あしたはどの子を泣かせてやろうか

汲む

――Y・Yに――

大人になるというのは
すれっからしになることだと
思い込んでいた少女の頃
立居振舞の美しい
発音の正確な
素敵な女のひとと会いました
そのひとは私の背のびを見すかしたように
なにげない話に言いました

初々しさが大切なの
人に対しても世の中に対しても
人を人とも思わなくなったとき
堕落が始るのね　堕ちてゆくのを
隠そうとしても　隠せなくなった人を何人も見ました

私はどきんとし
そして深く悟りました

大人になってもどぎまぎしたっていいんだな
ぎこちない挨拶　醜く赤くなる
失語症　なめらかでないしぐさ
子供の悪態にさえ傷ついてしまう
頼りない生牡蠣のような感受性
それらを鍛える必要は少しもなかったのだな

年老いても咲きたての薔薇　柔らかく
外にむかってひらかれるのこそ難しい
あらゆる仕事
すべてのいい仕事の核には
震える弱いアンテナが隠されている　きっと……
わたくしもかつてのあの人と同じくらいの年になりました
たちかえり
今もときどきその意味を
ひっそり汲むことがあるのです

海を近くに

海がとても遠いとき

それはわたしの危険信号です

わたしに力の溢れるとき
海はわたしのまわりに　蒼い

おお海よ！　いつも近くにいて下さい
シャルル・トレネの唄のリズムで

七ツの海なんか　ひとまたぎ
それほど海は近かった　青春の戸口では

いまは魚屋の店さきで
海を料理することに　心を砕く

まだ若く　カヌーのような青春たちは
ほんとうに海をまたいでしまう

海よ！　近くにいて下さい
かれらの青春の戸口では　なおのこと

私のカメラ

眼
それは　レンズ
まばたき
それは　わたしの　シャッター
髪でかこまれた

小さな　小さな　暗室もあって
だから　わたし
カメラなんかぶらさげない

ごぞんじ？　わたしのなかに
あなたのフィルムが沢山しまってあるのを
木洩れ陽のしたで笑うあなた
波を切る栗色の眩しいからだ

煙草に火をつける　子供のように眠る
蘭の花のように匂う　森ではライオンになったっけ
世界にたったひとつ　だあれも知らない
わたしのフィルム・ライブラリイ

鯛

早春の海に
船を出して
鯛をみた

いくばくかの銀貨をはたき
房州の小さな入江を漕ぎ出して
蜜柑畠も霞む頃
波に餌をばらまくと
青い海底から　ひらひらと色をみせて
飛びあがる鯛

珊瑚いろの閃き　波を蹴り
幾匹も　幾匹も　波を打ち
突然の花火のように燦きはなつ
魚族の群れ

老いたトラホームの漁師が
船ばた叩いて鯛を呼ぶ
そのなりわいもかなしいが
黒潮を思うぞんぶん泳ぎまわり
鍛えられた美しさを見せぬ
怠惰な鯛の　ぶざまなまでの大きさも
なぜか私をぎょっとさせる
どうして泳ぎ出して行かないのだろう　遠くへ
どうして進路を取らないのだろう　未知の方角へ
偉い僧の生誕の地ゆえ

魚も取って喰われることのない禁漁区
法悦の入江
愛もまた奴隷への罠たりうるか

海のひろさ
水平線のはるかさ
日頃の思いがこの日も鳴る
愛もまたゆうに奴隷への罠たりうる

最上川岸

子孫のために美田を買わず

こんないい一行を持っていながら
男たちは美田を買うことに夢中だ
血統書つきの息子に
そっくり残してやるために
他人の息子なんか犬に喰われろ！
黒い血糊のこびりつく重たい鎖
父権制も　思えば長い

風吹けば
さわさわと鳴り
どこまでも続く稲の穂の波
かんばしい匂いをたてて熟れている
金いろの小さな実の群れ
〈あれはなんという川ですか〉
ことことと走る煤けた汽車の
まむかいに坐った青年は

やさしい訛《なまり》をかげらせて　短く答える
〈最上川〉
彼のひざの上に開かれているのは
古びた建築学の本だ

農夫の息子よ
あなたがそれを望まないのなら
先祖伝来の藁仕事なんか　けとばすがいい

和菓子屋の長男よ
あなたがそれを望まないのなら
餡練るへらを空に投げろ

学者のあとつぎよ
あなたがそれを望まないのなら
ろくでもない蔵書の山なんぞ　叩き売れ

人間の仕事は一代かぎりのもの
伝統を受けつぎ　拡げる者は
　その息子とは限らない
　その娘とは限らない

世襲を怒れ
あまたの村々
世襲を断ち切れ
あらたに発って行く者たち
無数の村々の頂点には
一人の象徴の男さえ立っている

大男のための子守唄

おやすみなさい　大男
夜　冴え冴えとするなんて
それは例外の鳥だから
まぶたを閉じて　口をあけ
お辿りなさい　仮死の道
鳥も樹木も眠る夜
君だけぱっちり眼をあけて
ごそごそするのはなんですか
心臓のポンプが軋むほどの

この忙しさはどこかがひどく間違っている
　　　　　　　　間違っているのよ

おらが国さが後進国でも
駈けるばかりが能じゃない
大切なものはごく僅か
大切なものはごく僅かです
　あなたがろくでもないものばかり
作っているってわけじゃないけれど

お眠りなさい　大男
あなたは遠く辿っていって
暗く大きな森にはいる
そこにはつめたい泉があって
ひっそりと燦めくものをふきあげている
あなたは森の泉から

一杯の清水を確実に汲みあげなければならない
ああ　それが何であるかを問わないで

おやすみなさい　大男
一杯の清水を確実に汲みあげてこなければならない
でないとあなたは涸れてしまう
お眠りなさい　大男
二人で行けるところまでは
わたしも一緒にゆきますけれど

本の街にて

――伊達得夫氏に――

うす汚れた下駄を鳴らし
袴をはいて闊歩した明治時代の書生たち
モボきどりで
女の子を追っかけまわした大正の学生たち
その子らやその孫ら
いま尚ひきもきらず肩で風を切ってゆく街
お茶の水の駅を降りると
遠く散っていった者たちの郷愁が
石畳にも花屋の店さきにも色濃く滲んで
その濃密さに　かすかに酔わされる
刷られたばかりの新刊本が
手の切れそうな鋭さで軒なみ並び
出版業の高血圧にたじたじとなる街
学生時代「日本奴隷経済史」を買った
坂の上の本屋を過ぎて

三省堂の裏をうろつくと
小さな「ユリイカ」という出版社がどうやらいつも探し出せた
キッチン・カロリー
愉快な名前のレストラン
古ぼけたメニューが壁にはられ
安いライスカレーの値段など侘しく風にはためいていた
「詩の雑誌を出してゆくのにも飽きましたね」
伊達得夫氏は暗い声で言い
本気にしたら
「われ発見せり」という語源を持つユリイカは延々と続いた
カスバのようなろじの一角
古雑巾のような木造の二階屋
そこから新鮮な詩集がいくつか生れ　零れた
　　　　果実の匂いをまきちらし
派手なマフラー　首にまきつけ
十三階段あるという急な梯子を昇り降りした

長髪　痩身　皮肉な伊達さん!
あなたはいま　どのあたりを行かれるのですか
あなたの髪を吹く風は　いまどのような温度でしょう
先をちょっとつまんでかぶる
黒いベレーは残っても
その下で明滅した贅沢なひとつの精神は消えました
本の街を行くときに
私はきっと見てしまう
あなたの色濃い影を　ふいに街角やら
昼なお暗い喫茶店ラドリオの隅で
みずからの死はただの消滅!
けれど　なつかしいひとの死の
あとの世界を思うこころは
はだしで壺を捏ねた古代の女たちと
さして変らぬ稚さで　漂い流れてゆくばかりです

六月の夜
本をひらいたままついに自分の勉強部屋へ
もどれなくなった女の子
クリーム色のセーターを着た少女には　もう会われましたか
あなたたちの世界にも
「王様の耳」欄の必要はあるのでしょうか
聴問僧というまたの名をお持ちだったあなた
多くのひとの歎きや秘密　相談ごと
それらは密封された箱のなかで
どんなひしめきかたをしています
どこに電話してみても　もうあなたの声は聴かれない
憂鬱で
やさしく
捉えどころのないような声
親しかったひとたちは　だから

ライターばかりカチカチさせて
さびしい顔を集めています
ひとりの男の魅力について
そのよってきたるところについて
解きがたかった謎について
八俣《やまた》の大蛇のようなお酒のみの詩人は叫びました
「いくら資本を投入しても
伊達得夫のようなジャーナリストは
二度と創れない　断じて創れない！」
笑いましたね　いま
どうぞ　おっしゃって下さい
さらに幾日かがすぎ更に幾千かの日が過ぎてゆくのです
耳にしたしいあなたの声で
原稿の催促にいらしたときのように

できましたか

ああ　どうも
ふっふっふ　挽歌ですか
いいでしょう
いただきます

七夕

夜更けて
遠い櫟《くぬぎ》林のもとに
小さな灯りのまたたくのは
安達が原の栖のように魅惑的だ
武蔵野の名の残る草ぼうぼうの道
このあたりではまだ沢山の星に会うことができる

天の川はさざなみをたて
岸辺ではヴェガとアルタイル
今宵もなにやら深く息をひそめている
「アンタラ！　ワシノ跡　ツケテキタノ？」
不意に草むらからぬっと出て赤銅いろの裸身が凄む
焼酎の匂いをぷんぷんさせながら
わたしはキッと身がまえる
キッと身がまえてしまうのはとても悪い癖なのだ

「今夜は七夕でしょう
だから星を眺めにきたんですよ」
夫の声がばかにのんびりと闇に流れ
「タナバタ？
たなばた……アアソウナノ
ワシハマタ　ワシノ跡ツケテキタカ思ッテ……

トモ……失礼シマシタ」

彼は魔法の「キオの家」の住人だった
何世帯住んでいるのかわからず
あばらやを出たり入ったりするひとびとは
いつも謎めいて数えることができない
まなじりの釣りあがった可愛い少年が一人いたが
いつのまにか彼も中学生になって現れた
犬までが他人を寄せつけず獰猛に吠えかかり
朝鮮語の華々しい喧嘩が展開されるのは
きまって蒸暑い真夏の丑三ツどき
崖っぷちに一軒ぽつんと建っている
その家のあたりまできてしまった

このゆうべふりくる雨は彦星の早榜ぐ船の櫂の散沫《ちり》かも

紀元前からあらわれて次第に形を整えてきた
漢民族のきれいな古譚
かつて万葉人の愛した素材も
もとはと言えば高句麗・百済経由ではるばると
伝えられたものではなかったか
文字　織物　鉄　革　陶器
馬飼い　絵描き　紙　酒つくり
衣縫い　鍛冶屋　学者に奴隷
どれほど多くのものが齎されたことだろう

古い恩師の後裔たちは
あちらでもこちらでも　今はさりげなく敬遠されて
夕涼みの者をさえ　尾行かと恐れている
たなばたの一言で急におとなしく背を見せて
帰って行ったステテコ氏

わたしの心はわけのわからぬ哀しみでいっぱいだ
つめたい銀河を仰ぐとき
これからは　きっと　纏《まとわ》りつくだろう
からだを通って発散した強い焼酎の匂いが
ふっと

うしろめたい拍手

――梅蘭芳に――

強いられた芝居をするくらいなら
髭をはやしてしまったほうがましと
本当に髭をはやしてしまったという名女形
わたしの大好きなエピソードの持主

六十三年の風雪に耐えたひとは
いま濃艶な女に扮し
ひとびとの魂を奪いつつ動く

翡翠を溶したあなたの声は
　　　とろりと深い民族の淵
あなたの指の動きから
裾から　髪から　うなじから
漂い流れるやわらかい風
あなたの国の
水や樹々
ともしび
脂
あつもの料理
たそがれまでが匂いたつ

あたりはばからぬ絶叫の音楽のなか
あなたの視線がゆっくり動くと
ものみな殺される　凄さ　妖しさ

媚態さえもが涼しくて
なぜだろう
かたむく冠　零れる宝石
豪華絢爛　原色の装い
きつい隈取　牡丹の頬

ちらばる色盲表は渦まき渦まいて
やがて次第に
プラチナの星の光のようなものに
結晶されてゆく
醸し出される美酒に酔い
ああ　小屋に天井があるなんて不思議だ

われに返ると万雷の拍手
潮騒のように鳴りやまぬ拍手
打ちよせ　打ちよせ　鳴りやまぬ拍手
ああ　これは
わたしの生れぬ前から聴いていた子守唄では……
言葉もない　メロディもない
われわれの盲目の主題歌では……

なにかが意味を与えられる
なにかが形を与えられる
名優に髭をはやさせてしまったのもわれらの軍隊
悔恨と謝罪を塩のように含み
幸せの足下に強く踏み躪ったもののあることを

どこかで深く知っている
すべては水に流して　すべては水に流して
とまれ　結構でした

いまも世界のあちらこちらで鳴っている
同質の　しかし独特の　一九五九年秋の日本の拍手

梅蘭芳
あなたはもっとも美しい女を
表現してみせてくれただけなのに
あなたのひき出したものは
われわれのうしろめたさ
われわれの癌のありか
ひたすらに優雅な中国の女の精は

知ってか　知らずか
われわれの狼狽と戦慄をあらわにし
それから程なく　楚楚として
ほんとうに星の列に入ってしまった

りゅうりぇんれんの物語

劉連仁《リユウリエンレン》　中国のひと
くやみごとがあって
知りあいの家に赴くところを
日本軍に攫われた
山東省の草泊《ツアオポ》という村で
昭和十九年　九月　或る朝のこと

りゅうりぇんれんが攫われた
六尺もある偉丈夫が
鍬を持たせたらこのあたり一番の百姓が
為すすべもなく攫われた
山東省の男どもは苛酷に使っても持ちがいい
このあたり一帯が
「華人労務者移入方針」のための
日本軍の狩場であることなどはつゆ知らずに

手あたりしだい　ばったでも摑まえるように
道々とらえ　数珠につなぎ
高密県《カオミー》に着く頃は八十人を越していた
顔みしりの百姓が何人もいて
手に縄をかけられたまま
沈んだ顔を寄せ合っている

「飛行場を作るために連れて行くっていうが」
「一、二ケ月すれば帰すっていうが」
「青島だとさ」
「青島？」
「信じられない」
「信じられるものか」
不信の声は波紋のようにひろがり
連れて行かれたまま帰ってこなかった人間の噂が
ようやく繁くなった虫の声にまぎれ
ひそひそと語られる

りゅうりぇんれんは胸が痛い
結婚したての若い妻　初々しい前髪の妻は
七ケ月の身重だ
趙玉蘭《チャオユイラン》　お前に知らせる方法はないか
たとえ一月　二月でも　俺が居なかったら

家の畑はどうなるんだ
母とまだ幼い五人の兄弟は
麦を蒔き残した一反二畝の畑の仕末は

通る村　通る町
戸をとざし　門をしめ　死に絶えたよう
いくつもの村　いくつもの町　猫の仔一匹見当らぬ
戸の間から覗き見　慄えている者たち
俺の顔を見覚えていたら伝えてくれろ
罠にかかって連れて行かれたと
妻の趙玉蘭《チャオユイラン》に　趙玉蘭に

賄賂を持って請け出しにくる女がいる
趙玉蘭はこない
見張りの傀儡軍に幾ばくかを握らせて
息子を請け出してゆく老婆がいる

趙玉蘭はまだこない
追いついてはみたものの　請け出す金の工面がつかず
遠ざかる夫を凝視し続ける妻もいた
血のいろをして沈む陽
石像のように立ちつくす女の視野のなかを
八百人の男たちは消えた

一行八百人の男たちは
青島の大港埠頭へと追いたてられていった
暗い暗い貨物船の底
りゅうりぇんれんは黒の綿入れを脱がされて
軍服を着せられた
銃剣つきの監視のもとで指紋をとられ
それは労工協会で働く契約を結んだということ
その裏は終身奴隷
そうして門司に着いた時の身分は捕虜だった

六日の船旅
たった一ツの蒸パンも涙で食べられはしなかった
あの朝……
さつまいもをひょいとつまんで
道々喰いながら歩いて行ったが
もしもゆっくり家で朝めしを喰ってから
出かけたならば　悪魔をやりすごすことができたろうか
いや　妻が縫ってくれた黒の綿入れ
それにはまだ衿がついていなかった
俺はいやだと言ったんだ
あいつは寒いから着ていけと言う
あの他愛ない諍いがもう少し長びいていたら
摑らないで済んだろうか　めいふぁーず
運の悪い男だ俺も……
舟底の石炭の山によりかかり

八百人の男たち家畜のように玄界灘を越えた
門司からは二百人の男たち　更に選ばれ
二日も汽車に乗せられた
それから更に四時間の船旅
着いたところはハコダテという町
ダテハコというのであったかな？
日本の町のひとびとも襤褸をまきつけ
からだより大きな荷物を背負い
蟻のように首をのばした難民の群れ　群れ
りゅうりぇんれんらは更にひどい亡者だった
鉄道に働くひとびとは異様な群像を度々見た
そしてかれらに名をつけた「死の部隊」と
死の部隊は更に一日を北へ――
この世の終りのように陰気くさい
雨竜郡の炭坑へと追いたてられていった

飛行場が聞いてあきれる
十月末には雪が降り樹木が裂ける厳寒のなか
かれらは裸で入坑する
九人がかりで一日に五十車分を掘るノルマ
棒クイ　鉄棒　ツルハシ　シャベル
殴られて殴られて　傷口に入った炭塵は
刺青のように体を彩り爛れていった
〈カレラニ親切心　或イハ愛撫ノ必要ナシ
　入浴ノ設備必要ナシ　宿舎ハ坐シテ頭上ニ
二、三寸アレバ良シトス〉
逃亡につぐ逃亡が始った
雪の上の足跡を辿り連れもどされての
烈しい仕置
雪の上の足跡を辿り　連れもどされての
目を掩うリンチ

仲間が生きながら殴り殺されてゆくのを
じっと見ているしかない無能さに
りゅうりぇんれんは何度震えだしたことだろう

日本の管理者は言った
「日本は島国である　四面は海に囲まれておる
逃げようったって逃げきれるものか！」
さっと拡げられた北海道の地図は
凧のような形をしていた
まわりは空か海かともかく青い色が犇めいている
かれらは信じない
日本は大陸の地続きだ
朝鮮の先っぽにくっついている半島だ
いや　そうでない　そうでない
奉天　吉林　黒竜江の三省と地続きの国だ
西北へ　西北へと歩けば

故郷にいつかは必ず達する
おお　おおらかな智識よ！　幸あれ！

空気にかぐわしさがまじり
やがて
花も樹々もいっせいにひらく北海道の夏
逃げるのなら今だ！　雪もきれいに消えている
りゅうりぇんれんは誰にも計画を話さなかった
青島で全員暴動を起す計画も洩れてしまった
炭坑へ来てからも何度も洩れた
煉瓦をしっかり抱きしめて
夜明けの合図を待っていたこともあったのに……
りゅうりぇんれんは一人で逃げた
どこから
便所の汲取口から
汚物にまみれて這い出した

このときほど日本を烈しく憎んだことがあったろうか

小川でからだを洗っていると
闇のなかで水音と　中国語の声がする
やはりその日逃げ出した四人の男たちだった
五人は奇遇を喜びあった
西北へ歩こう　西北へ！
忌まわしい炭坑の視界から見えなくなるところまで
今夜のうちに
一日の労働で疲れた躰を鞭うって
五人は急いだ

山また山　峰また峰
野ニラをつまみ　山白菜をたべ　毒茸にのたうち
けものと野鳥の声に脅え
猟師もこない奥深くへと移動した

何ヶ月目かに里に下りた　飢えのあまりに
二人は見つけられ　引きたてられていった
羽幌という町の近くで
らんらんと輝く太陽のした
戦さは数日前に終っていることも知らないで
三人は山へ向って逃げた
脅えきった野兎のように
山の上から見下した畑は一面の白い花
じゃがいもの白い花
りゅうりぇんれんは知らなかった　じゃがいものこと
茎をたべた　葉をたべた
喰えたもんじゃない　だが待てよ
こんなまずいものを営々とこんなに沢山作るわけがない
そろそろと土を探ると
幾つもの瘤がつらなっている
土を払って齧る　うまさが口一杯にひろがった

じゃがいもは彼らの主食になった
昼は眠り　夜は畑を這う日が続く

「おい　聞えたかい？　いまのは汽笛だ！
いいぞ！　鉄道に沿っていけば朝鮮までゆける」
なぜ気づかなかったのだろう
海に沿って北にのびる鉄道線を
三人は胸はずませて辿っていった
夜の海辺を昆布を拾いながら　齧りながら
何日もかかって辿りついたところは
鉄道の終点
それはなんと寂しい風景だったろう
鉄道の終点　荒涼たる海がひろがっているばかりだ
稚内という字も読めなかった
ひとに聞くこともできなかった
大粒の星を仰ぎみて　三人は悟った

日本はどうやら島であるらしい
故郷からは更に遠のいたのも確からしい

三人の男たちは
黙々と冬眠の準備を始めた
短い夏と秋は終っていた　ふぶきはじめた空
熊の親戚みてえなつらしてこの冬はやりすごそう
捨てられたスコップを探してきて
穴を掘りぬき掘りぬいてゆく
昆布と馬鈴薯と数の子を貯えられるだけ貯えて
三つの躰を閉じこめた　雪穴のなかに
三人の男たちはふるさとを語る
不幸なふるさとを語ってやまない
石臼の高粱の粉は誰が挽いたろう
あの朝の庭にあった石臼の粉は
母はこしらえたろうか　ことしも粟餅を

俺は目に浮ぶ　なつめの林
まぼろしの棗林
或る日　日本軍が煙をたててやってきて
伐り倒してしまった二千五百本
いまは切株だけさ　李家荘の部落
じいさんたちが手塩にかけて三十年
毎年街に売りに出た一二〇トンの棗の実
俺は見た
理由《わけ》もなく押切器で殺された男の胴体
生き埋めにされる前　一本の煙草をうまそうに吸った
一人の男の横顔　まだ若く蒼かった……
俺は見た　女の首
犯されるのを拒んだ女の首は
切落されて臀部から生えていた
ひきずり出された胎児もいた
趙玉蘭《チャオユイラン》おまえにもしものことがあったなら

いやな予感　重なりあう映像をふり払い　ふり払い
りゅうりぇんれんは膝をかかえた
長い膝をかかえてうつらうつら
三人の男は冬を耐えた　半年あまりの冬を

眩しい太陽を恐れ　痺れきった足をさすり
歩く稽古を始めたとき
ふたたび六月の空　六月の風あまく
三人は網走の近くまでを歩き
雄阿寒　雌阿寒の山々を越えた
出たところはまたしても海！
釧路に近い海だった
三人は呆れて立つ
日本が島なのはほんとうに本当らしい
それなら海を試す以外にどんな方法がある
風が西北へ西北へと吹く夜

三人は一艘の小船を盗んだ
船は飛ぶように進んだが　なんということだろう
吹き寄せられたのは同じ浜べ
漕ぎ出した波打際に着いていた
櫓は流れ　積んだ干物は腐っていた
漁師に手真似で頼んでみよう
魚取りの親爺よ　俺たちはひどい目にあっている
送ってくれるわけにはいかないか
朝鮮まででいい　同じ下積みの仲間じゃないか
助けてくれろ　恩にきる
無謀なパントマイムは失敗に終った
老漁夫は無言だったが間もなく返事は返ってきた
大がかりな山狩りとなって
追われ追われて二人の仲間は摑まった
たった一人になってしまった　りゅうりぇんれん

りゅうりぇんれんは烈しく泣いた
二人は殺されたに違いない　すべての道は閉された
「待ってくれ　おれも行く！」
腰の荒縄を木にかけて　全身の重みを輪にかけた
痛かったのは腰だ！
六尺の躰を支えきれず　ひよわな縄は脆くも切れた
ぶったまげて　きょとんとして
それからめちゃくちゃに下痢をして
数の子が形のまんま現れた
「ばかやろう！」　そのつもりなら生きてやる
生きて　生きて　生きのびてみせらあな！
その時だ　しっかり肝っ玉ァ坐ったのは

彼の上にそれから十二年の歳月が流れていった
りゅうりぇんれんにとっての生活は
穴に入り　穴から出ることでしかなかった

深い雪に押しつぶされず　湧水に悩まされず
冬を過す眠りの穴を
幾冬かのにがい経験のはてに　ようやく学び
穴は注意深く年ごとに移動した
ある秋のこと
栗ひろいにやってきた日本の女にばったり会った
女は鋭く一声叫び
折角の栗をまきちらし　まきちらし
這うように逃げた
化けものに出会ったような逃げかただ
りゅうりぇんれんは小川に下りて澄んだ水を覗きこんだ
のび放題の乱れた髪
畑の小屋から失敬した女の着物を纏いつけ
妖怪めいて　ゆらいでいる
これが自分の姿か？
趙玉蘭《チャオユイラン》　おまえが惚れて嫁いできた

りゅうりぇんれんの姿がこれだ
自嘲といまいましさに火照った顔を
秋の川の流れに浸し
虎のように乱暴に揺る
俺は潔癖なほど綺麗ずきで垢づくことは好まなかった
たとえ長い逃避行　人の暮しと縁がなくても
少しは身だしなみをしなくちゃな！
鎌のかけらを探し出し
りゅうりぇんれんはひっそりと髭を剃った
髪は長い弁髪にまとめ　ブヨを払うことをも兼ねしめた

風がアカシヤの匂いを運んでくる
或る夏のこと
林を縫う小さなせせらぎに　とっぷり躰を浸し
ああ謝々《シェシェ》　おてんとさまよ
日本の山野を逃げて逃げて逃げ廻っている俺にも

こんな蓮の花のような美しい一日を
ぽっかり恵んで下されたんだね
木洩れ陽を仰ぎながら
水浴の飛沫をはねとばしているとき
不意に一人の子供が樹々のあいだから
ちょろりと零れた　栗鼠のように
「男のくせに　なんしてお下げの髪？」
「ホ　お前　いくつだ」
日本語と中国語は交叉せず　いたずらに飛び交うばかり
えらくケロッとした餓鬼だな
開拓村の子供だろうか
俺の子供も生れていればこれ位のかわいい小孫《ショウハイ》
開拓村の小屋からいろんなものを盗んだが
俺は子供のものだけは取らなかった
やわらかい布団は目が眩むほど欲しかったが
赤ん坊の夜具だったからそいつばかりは

手をつけなかったぜ
言葉は通じないまま
幾つかの問いと答えは受けとられぬまま
古く親しい伯父　甥のように
二人は水をはねちらした
りゅうりぇんれんはやっと気づく
いけねえ　子供は禁物　子供の口からすべてはひろがる
俺としたことがなんたる不覚！
それにしても不思議な子供だ
すっぱだかのまま　アッという間に木立に消えた

二匹の狼に会った
熊にも会った　兎や雉とも視線があった
かれらは少しも危害を加えず
彼もまた獣を殺すにしのびなかった
りゅうりぇんれんの胃は僧のように清らかになった

恐いのは人間だ！
見るともなしに山の上から里の推移を眺めて暮した
山に入って二年あまり
畑で働いていたのは　女　女　女ばかり
それから少しずつ男もまじった
畑の小屋に置かれるものも豊かになってゆくようだった
米とマッチを見つけたときの喜びは
ガキの頃の正月気分
鉄瓶もろとも攫ってきて
山のなかで細い細い炊煙をあげた
煮たものを食べるのは何年ぶりだったろう
じゃがいもは茹でられてこの世のものともおもえぬうまさ
それから更に何年かたち
皮の外套を手に入れた
ビニールの布も手に入れた

だが一年ごとに躰の方は弱ってゆく
十年たつと月日は数えられなくなり
家族の顔もおぼろになった
妻もおそらく他家へ嫁いだことだろう
たとえ生きていてくれても……
どの年だったか
この土地もひどい旱魃に見舞われて
作物という作物は首を垂れ
田畑に立って顔を覆う農夫の姿が望まれた
遠く　遠く
りゅうりぇんれんはいい気味だとは思わなかった
日本の農民も苦しいのだ
俺も生れながらの百姓だが
節くれだって衰えたこの手に
鍬を握れる日がくるだろうか
黒く湿った土の上に　ぱらぱらと

腰をひねって種を蒔く
そんな日が何時かはまたやってくるのだろうか

長い冬眠があけ
春　穴から出るときは
二日も練習すれば歩くことができたものだ
年とともに　歩くための日は
多く多く費され
二ケ月もかけなければ歩けないほどに
足腰は痛めつけられていった
それはだんだんひどくなり
秋までかかって　ようやく歩けるようになった頃
北海道の早い冬はもう
粉雪をちらちら舞わせ
また穴の中へと　りゅうりぇんれんを追いたてた
獣のように生き

記憶と思考の世界からは絶縁された
獣のように生き
日本が海のなかの島であることも知らなかった
だが　りゅうりぇんれん
あなたにはみずからを生かしめる智慧があった

惨憺たる月日を縫い
あなたの国の河のように悠々と流れた
一つの生命
その智慧もからだも
しかし限度にきたようにみえた
厳しい或る冬の朝のこと
あなたはとうとう発見された
札幌に近い当別の山で
日本人の猟師によって
凍傷にまみれた六尺ゆたかな見事な男

一尺半のお下げ髪の　言葉の通じない変な男
絶望的な表情を滲ませて
「イダイ　イダイ」を連発する男
痛い　それは
りゅうりぇんれんの覚えていた　たった一ツの日本語だった

「中国人らしい」
スキーを穿いた警官は俄に遠慮がちになった
りゅうりぇんれんは訝しむ
何故ぶん殴らないのだろう
何故昔のように引きずっていかないのだろう
麓の雑貨屋で赤い林檎と煙草をくれた
火にもあたらせてくれる「不明白《プーミンパイ》」「不明白《プーミンパイ》」
ワガラナイヨなにもかも
背広を着て中国語をしゃべる男が
沢山まわりを取りまいた

背広を着た同朋なんて！
りゅうりぇんれんは認めない
祖国が勝ったことをも認めない
困りぬいた華僑のひとりが言った
「旅館の者を呼んであなたの食べたいものを
注文してごらんなさい
日本人はもう中国人をいじめることは
絶対にできないのだ」
りゅうりぇんれんは熱いうどんを注文した
頬の赤い女中がうやうやしく捧げもってきた
りゅうりぇんれんの固い心が
そのとき始めてやっとほぐれた
ひどい痛めつけられかただ
同朋のひとびとはまぶたを熱くし
湯気のなかの素朴な男を眺めやった

八路軍が天下を取って
俺たちにも住みいい国が出来たらしいこと
少しずつ　少しずつ　呑込んでゆく頃
りゅうりぇんれんにはスパイの嫌疑がかかっていた
いつ来たのか
どこで働いていたのか
北海道の山々をどのように辿ったか
すべては朦朧と　答を出せなかったりゅうりぇんれん
札幌市役所は言った
「道庁の指示がないと何も手をつけるわけにはいかない」
北海道庁は言った
「政府の指示がなければ何も手をつけるわけにはいかない」
札幌警察署は言った
「我々には予算がない　政府の処置すべき問題だ」
政府は　この国の代表は
「不法入国者」「不法残留者」としてかたづけようとした

心ある日本人と中国人の手によって
りゅうりぇんれんの記録調査はすみやかに行われた
拉致使役された中国人の数は十万人
それらの名簿を辿り　早く彼の身分を証すことだ
スパイの嫌疑すらかけられている彼のために
尨大な資料から針を見つけ出すような
日に夜をつぐ仕事が始った
「行方不明」
「内地残留」
「事故死亡」
たった一言でかたづけられている
中国名の列　列　列
不屈な生命力をもって生き抜いた
りゅうりぇんれんの名が或る日
くっきりと炙出しのように浮んできた

「劉連仁　山東《シャントン》省諸城《チユウチヨン》県第七区紫溝《チヤイコウ》の人」
昭和十九年九月　北海道明治鉱業会社
昭和鉱業所で労働に従事
昭和二十年無断退去　現在なお内地残留」

昭和三十三年三月りゅうりぇんれんは雨にけむる東京についた
罪もない　兵士でもない　百姓を
こんなひどい目にあわせた
「華人労務者移入方針」
かつてこの案を練った商工大臣が
今は総理大臣となっている不思議な首都へ

ぬらりくらりとした政府
言いぬけばかりを考える官僚のくらげども
そして贖罪と友好の意識に燃えた
名もないひとびと

際だつ層の渦まきのなかで
りゅうりぇんれんは悟っていった
おいらが何の役にもたたないうちに
中国はすばらしい変貌を遂げていた
おいらが今　日本で見聞きし怒るものは
かつての祖国にも在ったもの
おいらの国では歴史のなかに畳みこまれてしまったものが
この国じゃ
これから闘われるものとして
渦まいているんだな

東京で受けた一番すばらしい贈物
それは妻の趙玉蘭《チャオユイラン》と息子とが
生きているという知らせ
しかも妻は東洋風に二夫にまみえず
りゅうりぇんれんだけを抱きしめて生きていてくれた

息子は十四
何時の日か父にあい会うことのあるようにと
尋児《シュンアル》と名づけられていた

尋児《シュンアル》　尋児《シュンアル》
りゅうりぇんれんは誰よりも息子に会いたかった
三十三年四月
白山丸は一路故国に向って進んだ
かつて家畜のように船倉に積まれてきた海を
帰りは特別二等船室の客となって
波を踏んで帰る
飛ぶように
波を踏んで帰る
なつかしい故郷の山河がみえてくる
蓬来《フォンライ》　若かりし日　油しぼりをして働いたところ
塘沽《タンクー》

長い長い旅路の終り
十四年の終着の港

ひしめく出迎えのひとびとに囲まれ
三人目に握手した中年の女
それが妻の趙玉蘭《チャオユイラン》
りゅうりぇんれんは気付かずに前へ進む
別れた時 二十三歳の若妻は三十七歳になっていた
りゅうりぇんれんは気付かずに前へ進む
「おとっつぁん!」
抱きついた美少年 それこそは尋児《シュンアル》
髪の毛もつやつやと涼しげな男の子
読むことも 書くことも
みずからの意志を述べることも
衆よりすぐれ 村一番のインテリに育っていた

三人は荷馬車に乗って
ふるさとの草泊《ツアオポ》村に帰った
ふるさとは桃の花ざかり
村びとは銅鑼や太鼓ならしてお祭のよう
連仁《リェンレン》兄《あに》いが帰ったぞう
行きあうひとの　ひとり　ひとり
その名を思いおこし　抱きあいながら家に入った
窓には新しい窓紙
オンドルには新しい敷物
土間で新しい農具は光り
壁に梅蘭芳の絵とともに
中国産南瓜のように親しみ深い
毛沢東の写真が笑って迎えた
りゅうりぇんれんは畑に飛び出し
ふるさとの黒い土を一すくい舌の先で嘗めてみた
麦は一尺にものびて

茫々とどこまでもひろがっている
その夜
劉連仁と趙玉蘭は
夜を徹して語りあった
一家の消長
苦難の歳月
再会のよろこびを
少しも損われてはいなかった山東訛で。

*

一ツの運命と一ツの運命とが
ぱったり出会う
その意味も知らず
その深さをも知らずに
逃亡中の大男と　開拓村のちび

風が花の種子を遠くに飛ばすように
虫が花粉にまみれた足で飛びまわるように
一ツの運命と　一ツの運命とが交錯する
本人さえもそれと気づかずに

ひとつの村と　もうひとつの遠くの村とが
ぱったり出会う
その意味も知らずに
その深さをも知らずに
満足な会話すら交せずに
もどかしさをただ酸漿のように鳴らして
一ツの村の魂と　もう一ツの村の魂とが
ぱったり出会う
名もない川べりで

時がたち

月日が流れ
一人の男はふるさとの村へ
遂に帰ることができた
十三回の春と
十三回の夏と
十四回の秋と
十四回の冬に耐えて
青春を穴にもぐって　すっかり使い果したのちに

時がたち
月日が流れ
一人のちびは大きくなった
楡の木よりも逞しい若者に
若者はふと思う
幼い日の　あの交されざりし対話
あの隙間

いましっかりと　自分の言葉で埋めてみたいと。

〈附記〉
資料は欧陽文彬著・三好一訳『穴にかくれて十四年』（新読書社刊）によっています。

*

エッセイ

はたちが敗戦

「戦争が始ったんだって。いやだねえ」

「ふうン、どこと?」

「支那とだが」

校庭でドッジボールをしながら始業前のひととき三河弁でそんな会話がボールとともに飛びかったのは、私の小学校五年生のときで、のちに日支事変と呼ばれるものだった。

子供ごころにも何やら暗雲のかげさして、いったいどうなるのだろうと不安になったのだが、それから太平洋戦争に突入して八年後には敗戦となる運命は知るよしもなかった。

しかし暗雲はいちどきに拡がったのではなく、徐々に徐々に、しかし確実に拡がっていって、気がついたときには息苦しいまでの気圧と暗さとで覆いかぶさるようになっていたのである。当時はまだお八つにも事欠かず、名古屋公演の宝塚も観にゆけて、「少女の友」という雑誌にうっとりしていられたし、小学校では、

昭和　昭和　昭和の子供よ
ぼくたちは
姿もきりり　心もきりり

などという唱歌を歌ったり踊ったりしていた。

後年、歴史年表をしげしげと見るようになってから、私の生れた昭和元年から十二年くらいまでが、日本にとってどんなに激動の時代であったかがわかり慄然となるのだが、愛知県の西尾という小さな町で、のんびり育っていた当時の私には、歴史の鼓動を捉えうるような材料は身の廻りに何もなかった。

父はその町の或る病院の副院長をしていて、経済的にも比較的恵まれていたせいで、昭和初期の不景気風も身に沁むことがなかった。いくら子供でも手ひどい思いをしたのなら、必ずなんらかの痕跡や記憶を残しただろうけれど。私にとって手ひどい思いは、防空演習もひんぴんと行われるようになった翌年、結核で母を失ったことだった。

今になって思えば、日支事変勃発から敗戦まで、僅か八年間だったかと、その歳月の短さに驚くけれども、私自身の感覚からすればずいぶん長い長い敗戦までの道のりだったような気がする。

子供から思春期を経て青春期へ——人間の成長過程のもっともめざましい時期が、最初華々しく、やがて敗けいくさとなってゆく日本の運命と反比例するような具合だった。

太平洋戦争に突入したとき、私は女学校の三年生になっていた。全国にさきがけて校服をモンペに改めた学校で、良妻賢母教育と、軍国主義教育とを一身に浴びていた。退役将校が教官となって分列行進の訓練があり、どうしたわけか全校の中から私が中隊長に選ばれて、号令と指揮をとらされたのだが、霜柱の立った大根畑に向って、号令の特訓を何度受けたことか。

かしらア……右イ

かしらア……左イ

分列に前へ進め！

左に向きをかえて　進め！

大隊長殿に敬礼！　直れ！

私の馬鹿声は凜凜とひびくようになり、つんざくような裂帛《れつぱく》の気合が籠るようになった。そして全校四百人を一糸乱れず動かせた。指導者の快感とはこういうもんだろうか？　と思ったことを覚えている。

そのために声帯が割れ、ふだんの声はおそるべきダミ声になって、音楽の先生から「あなたはあの号令で、すっかり声を駄目にしましたね」と憐憫とも軽蔑ともつかぬ表情で言われた。いっぱしの軍国少女になりおおせていたと思う。声への劣等感はその後長く続くことになるのだが。

女学校の隣が駅だったため、私たちはしょっちゅう列を組んで小旗をふり、出征兵士を見送るのも学校行事の一つだったし、増産のため農家へ出張する勤労奉仕も多く、稲刈、麦刈、田植、兎狩り、蝗《いなご》狩り、もっこかつぎ、なんでもやった。今でも鍬《くわ》のふるいかたなど「奥さんの実家は農家ですか？」と言われるほどうまい。

勉学というものには程遠く、戦争にばかり気をとられ、ウワウワとした落ちつきのない四年間だった。当時の女学校はその地方の最高学府みたいなもので、卒業すればしばらくしてお嫁に行く人が多く、上級学校へ進む人は稀だった。

父は私を薬学専門学校へ進めるつもりで、私が頼んだわけではなく、なぜか幼い頃からそのように私の針路は決っていた。父には今で言う「女の自立」という考えがはっきりと在ったのである。女の幸せが男次第で決ること、依存していた男性との離別、死別で、女性が見るも哀れな境遇に陥ってしまうこと、それらを不甲斐ないとする考えがあって、「女もまた特殊な資格を身につけて、一人でも生き抜いてゆけるだけの力を持たねばならぬ」という持論を折にふれて聞かされてきた。「女の問題」を自分で考える以前に、年端もゆかない子供時代から、いわば父によって先取りされていたのである。

明治生れの当時の男性としては、ずばぬけて開明的であったと思うが、そうなった原因を探ってみると、二つのことに思い至る。一つは父の長姉が若くして未亡人となり、それから苦心惨憺、検定試験を受けて女学校の先生となった辛苦のさまを末っ子の父がつぶさに見聞したたろうこと。長姉が不幸のトップを切ったために次姉たち二人は発奮して、二人ともお茶の水女高師を出ている。教育県として知られる長野県人であったとしても、祖父もまた男女の区別をつけない人であったらしい。

もう一つは若い時、父はドイツへ留学して医学を学んだ経験があり、それが日本女性とヨーロッパ女性とを常に比較検討させたか？　と思う。日本では結婚しない女は半端もの扱いだが、ヨーロッパでは一生独身でシャンと生きてゆく女が一杯居るというふうなこともよく聞かされたし、ドイツ語の先生として、かつて父が選んだ女史もそういう人だったそうで、女らしい反面「〇〇月謝を持ってきたか」などとはっきり言える人でもあり、いずれにしても日本の女は経済的にも心情的にもあまりにも男性依存度が高すぎるということだった。

娘を育てるについても、質実剛健、科学万般に強く、うなじをあげ胸を張って闊歩する化粧気すらないドイツ女性が理想のイメージとしてあったらしい。

というわけで、東京の蒲田にあったその名も帝国女子医学・薬学・理学専門学校の薬学部に入学した。現在の東邦大学薬学部に当る。当時は推薦入学制度というのがあって、女学校の成績と家庭環境が良ければ、無試験で何パーセントかは採るという、のんびりしたところがあった。担任の先生が推薦状に名文を草して下さったらしいお蔭で、女学校卒業前に決定した。そして私ときたら白衣を着て実験などすることに憧れているばかりだった。

昭和十八年、戦況のはなはだかんばしからぬことになった年に入学して、間もなく戦死した山本五十六元帥の国葬に列している。その頃から誰の目にも雲行怪しくなってきて、学生寮の食事も日に日に乏しく、食べざかりの私たちはどうしようもなくお腹が空いて、あそこの大衆食堂が今日は開いていると聞くと誘いあわせて走り、延々の列に並び京浜工業地帯の工員たちと先を争って食べた。「娘十八番茶も出花」という頃、われひとともに娘にあるまじきあられもなさだった。食べものに関する浅ましさもさまざま経験したが、今、改めて書く元気もない。

それでも入学して一年半くらいは勉強出来て、ドイツ語など一心にやったが、化学そのものはちんぷんかんぷんで、無機化学、有機化学など私の頭はてんで受けつけられない構造になっていることがわかって、「しまった！」と臍《ほぞ》かむ思いだった。教室に坐ってはいても、私の魂はそこに居らず、さまよい出でて外のことを考えているのだった。全国から集った同級生には優秀な人が多く、戦時中とは言っても高度な女学校教育を受けていた人達もいて、落差が烈しく、ついてゆけないというのは辛いことで、私は次第に今でいう〈落ちこぼれ〉的心情に陥っていった。

空襲も日に夜をついでというふうに烈しくなり、娘らしい気持を満してくれる娯しみも色彩もまわりには何一つなく、そういう時代的な暗さと、自分自身に対する絶望から私は時々死を憶った。どうしなくても簡単に死んでしまうかもしれない状況の中で、私の憶ったのは自殺だった。暗い大海原のまっただなかでたった一人もがき苦しむようなのが、どんな時代でも青春の本質なのではないか？　と思うことがある。それほどに自分を摑まえ捉えるというのは難しく苦しい作業だ。

でもそれさえが贅沢な悩みであっただろうことは、女学校時代の友人が女子挺身隊として徴用され、愛知県豊川の工場で爆撃死したこと、学徒出陣も始まっており、文科系の学生は否も応もなく戦地へ狩り出されていた、ということである。

昭和二十年、春の空襲で、学生寮、附属病院、それと学校の一部が焼失し、毛布を切って自分で作ったリュックサックに身のまわりのものをつめて、ほうほうのていで辿りついた郷里は、東海大地震で幅一メートルくらいの亀裂が地面を稲妻型に走っており怖しい光景だった。激震で人も大勢死んだが、戦時中のことで何一つ報道されてはいなかった。

医師も軍医として召集され、無医村になったところがあちこちに出来、父は吉良《きら》町の町議会から懇望されて、既にその町で開業していたが、まるで野戦病院の観を呈していた。繃帯、ガーゼの類もなくなり、オシメ、古浴衣の袖ありとあらゆるボロ布を消毒して傷口に当てていた。治療してもらう患者は、ボロ布持参であり、家では一日中、煉炭でグツグツ消毒煮であった。

なにもかもが、しっちゃかめっちゃかの中、学校から動員令がきた。東京、世田谷区にあった海軍療品廠という、海軍のための薬品製造工場への動員だった。「こういう非常時だ、お互い、どこで死んでも仕方がないと思え」という父の言に送られて、夜行で発つべく郷里の駅頭に立ったとき、天空輝くばかりの星空で、とりわけ蠍座《さそりざ》がぎらぎらと見事だった。当時私の唯一の楽しみは星をみることで、それだけが残されたたった一つの美しいものだった。だからリュックの中にも星座早見表だけは入れることを忘れなかった。

東京の疲労は一段と深くなっていて、大半は疎開したのだろう、残っている人達は、蒼黒く、或いは黄ばんだ顔で、のろのろと動いていた。輸送機能も麻痺したらしく、布団を送った学生の集結地から世田谷区上馬の動員先まで一人一人が布団をかついでいけということになった。重くかさばる布団袋を地面をひきずり、国電にひきずりこみ、やっとの思いで運んだ。現在国立第二病院になっているところで、自由が丘のあたりを通るとき、そのときの蟻のようだった私たちの姿が幻覚されることがある。

七月初から八月十五日迄、短い期間だったが暑いまっさかり、ろくにお風呂にも入れず、薬瓶のつめかえ、倉庫の在庫品調べ、防空壕掘りなど真黒になって働き、原爆投下のことも何も知らなかった。八月十三日の夜、宿舎で出た魚が腐敗したものだったらしく、そこに配属されていた学生十人ばかりが全員吐いたり下したりで苦しんだ。八月十五日はふうふうして出たが、からだがまいって、重大放送と言われてもピンとこなかった。大きな工場で働いていた全員が集まり、前列から号泣が湧きあがったが、何一つ聴きとれずポカンとしていた。自分たちの詰所に戻ってから、同級生の一人が「もっともっと戦えばいいのに！」と呟くと、直接の上司だった海軍軍曹が顔面神経痛をきわだたせ、「ばかもの！　何を言うか！　天皇陛下の御命令だ！」それから確信を持って、きっぱりとこう言ったのだ。「いまに見てろ！　十年もたったら元通りになる！」

＊

戦後、あわただしく日本が一八〇度転回を試みようとしたとき、私個人もまた、一八〇度転換を遂げたかった。つまり化学の世界から文学の世界へ——変りたかったのである。

敗戦後、さまざまな価値がでんぐりかえって、そこから派生する現象をみるにつけ、私の内部には、表現を求めてやまないものがあった。

学校の再開もおぼつかなかったし、家の仕事を手伝いながら、いろいろ思いめぐらしているところへ秋頃、突然学校から文書が届き、「試験をやるにつき出てくるように。この試験を受けたものは、ともかく四年生に進級させる」というようなことが書かれていた。試験をするも何も、授業も勉強もしておらず、そんな具合でただただ四年生になるのかと渋ったが、父は「行ってこい」の一点張りで、「薬学への道を決めたのは私だが、お前もそれを肯《うべな》い志を立てた以上、途中放棄はいけない。ともかく薬剤師の免許を取れ。それさえも出来ないようなら、これからやりたいという文学の道だって貫くことは出来なかろう」と理路整然と説かれ、それもそうかと説得されてしまい上京した。

焼けた学生寮に代り、今度は大森の、かつての軍需工場の寮が宿舎になった。東京の荒廃はすさまじく、防空壕を仮ずまいとし虫のように出たり入ったりする人々の営みが、あちらにもこちらにも点々と連なっていた。銀座も瓦礫の山で、場所によっては一望千里の趣があった。アメリカ兵、復員兵が溢れ、闇市に食を求める人々が犇《ひし》めき、有楽町、新橋駅のガード下あたり毒茸のようにけばけばしいパンパンが足をぼりぼり掻きながら群れていた。

同級生の中には進駐軍を恐れ、娘の操を守るべく、はやばやと丸坊主になってしまった人もいて、しばらくの間頭巾をかぶって登校していた。

その頃「ああ、私はいま、はたちなのね」と、しみじみ自分の年齢を意識したことがある。眼が黒々と光を放ち、青葉の照りかえしのせいか鏡の中の顔が、わりあいきれいに見えたことがあって……。けれどその若さは誰からも一顧だに与えられず、みんな生きるか飢死するかの土壇場で、自分のことにせい一杯なのだった。十年も経てから「わたしが一番きれいだったとき」という詩を書いたのも、その時の残念さが残ったのかもしれない。

個人的な詩として書いたのに、思いもよらず同世代の女性たちから共感を寄せられ、よく代弁してもらったと言われるとき、似たような気持で当時を過した人達が沢山居たことを今になって思う。

モンペを脱ぎすて、足を出して、眩しいような思いで、誰の足はすてき、私のは大根だ、牛蒡だなどと、今更ながら足のあったことに気づいて評定しあったりもした。

最低の暮しと荒廃のなか、わけのわからない活力もまた漲りあふれていた時代だった。いち早く復興したものの中に新劇活動があり、焼け残った有楽座や帝劇で「人形の家」や「真夏の夜の夢」が上演されて、この世にこんなすばらしいものがあったのか？と全身を打ちのめされるような感激で観たのである。暖房もない劇場で観客はオーバー、衿巻をしたままで、休憩時間になるといっせいにアルミの弁当箱をガチャガチャと開き、蒸しパンやら得体のしれないものを取り出してほおばる。舞台と現実の落差はあまりにも大きかったけれど、精神的飢餓状態をとり返そうとする動きはあらゆる面で烈しく、三好達治の詩集一冊が売りに出されると、出版社のまわりを人が延々の列でとりまいたというのも、この頃だったろうか。

忘れもしない昭和二十一年の夏、帝劇で「真夏の夜の夢」を観たとき、劇場前に大きな看板が立てられて、それは読売新聞主催の第一回「戯曲」募集の広告だった。私はこれに応募してみようと思った。それというのも私に文学の才能があるかどうか、父に実証してみせる必要があったのである。

薬学は投げみたいな状態、そして今度は文学、わけても芝居などと言い出す娘に、親が心配したのも無理なく、しかし一喝するという態度ではなくて「才能が少しでもあればの話だが」ということになっていた。

卒業試験が近づいて、同室の四人が試験勉強に没頭している時、私は同じように机に向いながら孜孜《しし》として生れて初めての戯曲なるものを書きついでいった。テーマは愛知県に伝わった三河木綿発祥の民話が核になった。自分の意志より以前に次々に言葉が溢れ出る不思議を初めて味わって呆然としていた。

数百篇集まった戯曲の中で、選外佳作に選ばれ、読売新聞に発表されたときは飛びあがるほど嬉しかった。化学では落ちこぼれであったけれど、別に私を生かせる道があったという暗夜に灯をみつけたような嬉しさだった。多額の賞金（金額は忘れてしまったが）と、土方与志、青山杉作、千田是也氏のサイン入りの賞状を貰い、私が最年少だったそうで読売新聞の偉い人が大いに励まして下さった。

殆ど同時に受けとった薬学部の卒業証書（これは落第すれすれの線で）と二つを持って昭和二十一年の秋、郷里に帰った。どさくさの中の繰りあげ卒業で、正味三年半だった。

翌年薬剤師の免許証も届いたが、二、三年後には国家試験制度が出来、そうなったら、とても私はパス出来なかったろう。ポツダム将校というのがあったが、私もポツダム薬剤師と思い、以後免状があるというだけでこの世界から別れた。

父もいささか驚いたらしく、行末どうなるやらと案じつつも、以後黙認という形になった。それが契機となって、新劇女優の山本安英さんから一度会いたいというお手紙を頂き、まだ「夕鶴」が生まれる前の山本さんにお目にかかり、それからずっとおつきあいが続いているが「女の生きかた」の一番大切なところを、私は山本さんから学び吸収しようとしてきたような気がする。

沢山の芝居を観、戯曲を読むうち、台詞の言葉がなぜか物足らないものに思えてきた。生意気にもそれは台詞の中の〈詩〉の欠如に思われはじめてきたのである。詩を本格的に勉強してみよう、それからだなどと詩関係の本を漁るうち、金子光晴氏の詩に出逢った。これは戦前、戦中、戦後をいっぺんに探照燈のように照らし出してる強烈なポエジイで、眩惑を覚えるほどだった。このように生きた日本人もいたのかという驚き。

言葉の練習のつもりでみずからも詩を書き始めたのだが、ミイラ取りがミイラのようになって戯曲のほうの志は得ないまま、詩を書きついでアッというまに三十三年の月日は流れ去った。今思うと敗戦迄の八年間と、敗戦後の三十三年間は等価の時間のようにさえ思われてくる。それほど戦後の時の流れは迅かった。

もう一度やり直して見落としてきたもの、気づかずにきたものを組織し直したい気持になることもあるのだが、それというのも私が苦労知らずで来てしまっているからなのだろう。地獄のような戦後をくぐり抜けた人なら、もう一度やり直したいなどとは思わない筈である。手記として語るに足るほどのものは何もないといっていい程、平凡にすんなりきてしまった。こんなことを書きつらねていいのだろうかという思いが、しばしばペンを中断させている。

昭和二十四年に結婚しているが、夫は勤務医で、彼もまた医学の新しい在りかたを求めて意欲的だった。米も煙草もまだ配給で、うどんばかりの夕食を取りながら、エドガー・スノウの『中国の赤い星』を一緒に読みあったのはなつかしい思い出である。二十五年間を共にして、彼が癌で先年逝ったとき、戦後を共有した一番親しい同志を失った感が痛切にきて虎のように泣いた。

女房が物書きの道を進むというのは、夫としてはどう考えてもあまりかんばしいことではない筈なのだが、夫は一度もそれを卑めたり抑圧したりすることがなく、むしろのびのびと育てようとしてくれた。父、夫、先輩、友人達、私の身辺に居た男性たちが、かなり優秀で、こちらの持っていた僅かばかりの芽を伸ばそうとばかりしてくれた。そのために男性への憎悪をバネに自分をかちとるとか、仕事をするということがなかった。それで何かにつけ男性対女性という敵対関係では捉えられず、女の問題は男の問題であり、男の問題は女の問題であるという、いわば表裏関係が私の頭の中には形づくられているようなのだ。

たとえば戦争責任は女には一切関係ないとは到底思えず、日本が今尚ダメ国ならばその半分の責任は女にあるというふうに。

今まであまりにもすんなりと来てしまった人生の罰か、現在たった一人になってしまって、「知命」と言われる年になって経済的にも心情的にも「女の自立」を試される羽目に立ち至っているのは、なんともいろいろと「おくて」なことなのであった。

そして皮肉にも、戦後あれほど論議されながら一向に腑に落ちなかった〈自由〉の意味が、やっと今、からだで解るようになった。なんということはない「寂寥だけが道づれ」の日々が自由ということだった。

この自由をなんとか使いこなしてゆきたいと思っている。

第一詩集を出した頃

改めて後をふりかえってみたら、それはもう三十年も昔のことになっていた。往事茫茫。

だが一昨日のことのように思われる部分もあり、三十年という歳月の軽重をうまく測定することができない。

二十四歳から詩を書きはじめ、二十七歳の時、川崎洋さんと共に同人詩誌「櫂」を発刊、そのへんのいきさつは『「櫂」小史』として既に書いてしまっているので、その折触れなかった私の第一詩集のことを、記憶をたぐりよせながら書いてみる。

私の初めての詩集は『対話』というのである。

一九五五年（昭和30）十一月二十日刊
不知火社《しらぬい》（中野区野方一丁目九八一番地）
発行者　福島康人

四百部限定出版
六十七頁
価　二五〇円

「櫂」を出してから二年後のことで、私の二十九歳の秋だったことになる。

同じ年に川崎洋さんはユリイカから『はくちょう』という実にしゃれた第一詩集を出版され、私も大喜びしたのだが、御自分ばかりではなく私のことも気づかい、福島康人さんを紹介して下さった。

福島康人氏は川崎洋さんの従兄弟《いとこ》に当り、新たに出版社を起そうとしていて、その第一番目の出版を茨木さんの詩集で、とのありがたいお申し出であった。

川崎さん自身は自費出版をされ、従兄弟の福島康人氏の出版社プランには私の詩集を極力推薦して下さったことになる。

このことがなければ、私の詩集などいつ陽の目をみることになったやら。

ずっと遅れたか、或いは出せなかったか、私には自費出版する気もお金もなかった。勤務医であった夫の月給は当時安くて、その上、医書や洋書を買うから家計は常にがたぴしで、自費出版などという大それた（？）願いは女房として持ちようもなかったのである。

詩集は深い考えもなしに無雑作にまとめた。「対話」という詩があったから、それを採って詩集名にしたのだが、気どって言えば「ダイアローグをこそ欲しい」という、敗戦後の時代色とも無縁ではなかったかもしれない。

そして、今に至るまで「モノローグよりダイアローグを」という希求は一貫して持ち続けてきたような気がする。

当時住まいに困り、あちこち転々としていたので、打合せは神楽坂の間借りの家で、そして刷りあがったものは池袋の間借りの家で受けとった。

五十部くらいを寄贈したと思う。

福島康人氏は三百五十部前後はなんとか売るつもりでいらしたのだが年を越しても、てんからはなから売れず、私も少しくらいは売れるだろうと思っていたのだからいい気なものである。

「茨木さんがもう少し活躍して下さるといいんですがね」と遠慮がちに福島康人氏に言われて、「そうですねぇ」と思いつつも、どうしたら活躍できるのか皆目わからないのだった。

私のためにホラを吹いてくれたかもしれない川崎さんも責任を感じてか「直接、書店を廻って置いてもらうようにしましょう」と言い出され、一緒に神保町の信山社、東京堂、新宿の紀伊國屋などへめぐったことがある。

川崎さんが物やわらかに交渉して下さってるそばで、私は木偶の坊みたいに突ったっていた。それでもなんとか五冊ずつぐらいはしぶしぶ置いてくれた。当然とは言いながらその時の書店側の横柄なことは今も記憶になまなましい。ずっと後になって本を出すたびごとに営業部の人が、あんなふうにして書店を廻り置いていてくれるのかと、そのことがあだおろそかに思えなくなったのも、この時の経験によっている。

古い日記をひっぱり出してみると、二人で書店を廻ったとばかり思っていたのだが、実は新婚まもない川崎和枝夫人も御一緒だったことがわかり、すっぽり記憶が抜け落ちていたことに驚いてしまった。川崎夫人は今も奥床しくて控え目な方だが、当時は花嫁であったので一層物静かに夫君のうしろに隠れていたのかもしれない。重い本の運搬係を担っていて下さったのに、私は私で我が恥ずかしさに無我夢中であったのだろう。

そうこうするうちに「不知火社」は遂に出版社廃業を宣言された。

神話時代から知られていた、旧暦七月頃の暗夜、八代海《やつしろかい》にあらわれるという無数の妖しい火影。九州男児であった福島康人氏はそれにちなんで「不知火社」という社名をつけられた。筑紫の枕言葉でもあるのだが、これをきちんと読める人は一九五五年頃でもそう多くはなかった。

ずいぶん時が過ぎてからさまざまな問合せがくるたびに「不知火社はなくなりました」と答える私は、なんとも言えない慚愧の念であっぷあっぷするばかり、『対話』という、あやし火一つで消えてしまった「不知火社」よ、申訳ありません。もはや持っていても仕方がないからと我が家にどっと持参された三百五十冊近い『対話』の山。

池袋から現住所の保谷への引越しの時も、めぼしい家財とてない小さなトラック一台分に、詩集の山のかさばったこと。手伝ってくれた親戚の者が「こんなにも残ったの？　ン、ハハハハ」と豪快に呆れてくれて、こちらもなんとなくへらへらするよりほかはなかった。

それからの十数年の歳月は、さしもの第一詩集の山をきれいに崩してくれた。渋谷の中村書店の御主人が十冊、二十冊と買いにきて下さったり、思ってもみないことだったが卒論（！）の資料にしたいからと遠方からの依頼があったり、代金は送らないでと言うのに名産素麺が送られてきたり、遊びにきた人が欲しいと言えばさしあげたりで、気づいた時には自分用のたった一冊になっていた。

以来、私の詩集は飯塚書店、思潮社、山梨シルクセンター（現、サンリオ）出版部、花神社、中央公論社と出してもらってきたがいずれも自費出版ではない。そもそもの当初より人のなんとかで相撲を取ってきたのだから思えば不逞の料簡である。

やはり第一詩集は自費で出すべきものであったと、若き日の福島康人氏のお顔を思い浮べ、年齢と共に、胸に痛みが走る。

「櫂」小史

或る日、一通の手紙が舞いこんだ。「一緒に同人雑誌をやりませんか?」という、川崎洋氏からの誘いだった。

時は昭和二十八年の早春、私の住所は、アメリカ軍基地のある、埼玉県所沢町。そして川崎洋氏の住所もまた、神奈川県横須賀市砲台山アパートという物騒さ。昭和二十八年春と言っても、戦後の硝煙、いまだ消えやらず、あまつさえ朝鮮戦争もまだ休戦には至っていなかった頃である。

文面を見、封筒を眺め、無駄の一切ない簡略さながら、何かしら五月の薫風のような、さわやかさを感じさせる手紙だった。私は十日間位「どうしたものか」と考えていた。

さらに遡ると、昭和二十四年の秋に私は結婚していて、所沢町に住み、翌二十五年くらいから、詩を書こうとしていた。詩を書きたいという欲求もさることながら、言葉を鶫匠のように、自由自在に扱ってみたい、言葉をもっとらくらくと発してみたい、言葉に攫《さら》われてもみたいという強い願望があり、そのためには詩を書くことが先決のように直観されたからであった。

詩の師を探す気持はさらさらなく、仲間もなく、ただ自分一人でこつこつ書いていこうと思っていた。その頃、本屋に毎月きちんと出ていた「詩学」という詩誌があり、詩学研究会という投稿欄もあって、選者は村野四郎氏だった。

一人で書いているのは、いくらか心細くなったとみえ、どこの誰ともわからない者の詩として、村野四郎氏に一度見てもらいたくなったらしい。

「いさましい歌」というのと「閉じこめられて」というのを二篇投稿してみた。本名では何やら恥しかったので、ペンネームをつけようと思い、「何がいいだろう?」と、二、三分考えていた時、つけっぱなしにしていたラジオから謡曲の「茨木」が流れてきた。「ああ、これ、これ」と思って即座に決めた。のり子の方は、本名のまま、しっぽにくっつけてしまった。つい最近、観世栄夫氏にきいたところによると、謡曲に「茨木」というのは無いそうで、長い間、謡曲と信じこんできたものは、あれは歌舞伎の長唄であったのだろうか。

「茨木」は、源頼光の臣、渡辺綱に、羅生門で腕を切り落された茨木童子という鬼が、切られた腕を取り返すべく、渡辺綱の乳母に化けて、館におもむき、殊勲の獲物を見せてもらうことを乞い、見た途端、忽《たちま》ちに鬼に変じて、その腕を奪い、あれよあれよの綱らを尻目に、もの凄い高笑い、さあっと虚空に舞いあがって消え失せたという物語である。

ミイラのような腕が、元通りにくっついたものかどうか……茨木市というところも大阪近くにあるから、そのあたりに棲んだ鬼だったのだろう。先年京都で「戻り橋」というのを見たが、変哲もない小橋だった。

私はこの伝説も、歌舞伎の「茨木」もいたって好きである。今になって思うと、たとえ切りとられようが「自分の物は自分の物である」という我執が、ひどく新鮮に、パッときたのは、滅私奉公しか知らなかった青春時代の反動だったかもしれない。

鬼の我執というか、自我にあやかりたいと思って、ヒョイとつけたペンネームがその後長い間くっついてくることになろうとは、遂には茨木という判コまで必要になってこようとは、その時夢にも思わなかった。

さて、選者の村野四郎氏は、「いさましい歌」というのを採って下さって、懇切に批評してくれた。昭和二十五年の九月号の「詩学」であった。はじめての投稿が入ったからそれに勢いを得て、何度か送った。自分の知らないでいる長所、短所を正確に指摘されて、なかなか有益だった。村野四郎氏があの時一篇も採って下さらなかったら、はたして今も詩を書き続けていただろうか……と思うことが時々ある。

その頃、投稿していた人の中に、谷川俊太郎、友竹辰（友竹正則）、金井直、保富康午、という人々の名があった。北杜夫の「どくとるマンボウ青春記」を読んでいたら、彼もちょうどその頃、投稿していたらしい。古い「詩学」をひっぱり出してみたら、はたして北宗夫のペンネームで、村野四郎氏により、数篇採られている。なかなか厳しい批評で、今読むと、ほほえましくなってくる。ただ北杜夫氏は、「文学集団」という詩誌に投稿したと書いているが、その当時のものを引用した「漂流」などが、詩学研究会にも載っているから、これは「詩学」との思い違いだろう。

昭和二十七年になると、選者のメンバーが変り、鮎川信夫、小林善雄、嵯峨信之、木原孝一、長江道太郎、各氏の合評制に変った。

この時も、なかなか辛辣に、そして各人の持っている芽をひき出そうとする良い批評だったと記憶する。「魂」「焦燥」などという詩を送った。そして、この時の同期の桜に、川崎洋、吉野弘、舟岡遊治郎氏らがいた。

翌昭和二十八年になって、一月十五日、詩学社の木原孝一氏から速達が届き、二月号の新人特集に載せたいから、四十行位の詩を至急送るようにという依頼だった。毎年二月号は、新人特集号で、投稿者のなかからと、同人雑誌で、いい仕事を果した人達が選ばれて、本欄に掲載される権利を獲得するのである。

うれしかった。詩学研究会という道場には忍者スタイルで、二年半近く通ったことになる。

たまたまその日は、成人の日で休日。夫と一緒に新宿へ映画「真空地帯」を観にゆくことになっていたが、一寸待ってもらって、原稿用紙に向い、十分位で、ちゃらちゃらと書いたのが「根府川の海」である。既に私の心のなかに出来上っていたとも言えるが、今ではもう、あんなふうに気楽には書けなくなってしまっている。

投函しがてら、新宿へ出て、予定通り「真空地帯」をみた。あの時の木村功は絶品だった。強烈な映画の印象にふらふらになって、濃い珈琲で人心地をつけ、紀伊國屋書店で前からほしかった金子光晴の詩集『人間の悲劇』を買って帰った。

しばらくの間、ラスト・シーンで木村功のうたった「色でかためた遊女でも、また格別のこともあるウ……」のうたが頭から離れなかった。

私の住む所沢町にも、戦後の遊女であるところの、ぱんぱんがひしめいていて、女湯では、いやでも彼女らと肌ふれあい、「ゆんべ、仙子のやつ（GIに）殴られて顔がどぶくれたってよウ」「ヘン、みものだったべな」などという関東訛《なまり》の会話をしょっちゅう聞かされていたし、すさまじい刺青にも、ぎょっとさせられた。敗戦後の実態を、日夜肌身に感じさせられた環境から、戦後の詩というものを望見すると、言い知れぬじれったさに駆られた。

この町に六年あまり住んでのち、この町を離れると、日本にアメリカ軍基地が沢山あることを、毎日の意識としては、そう感じなくなってきたのだった。おそらく沖縄の人たちが現在、本土に対して持つだろう、じれったさや感覚の落差を、私なりに想像してみることがある。

昭和二十八年、「詩学」の新人特集号（二月号）には、川崎洋、牟礼慶子、舟岡遊治郎、吉野弘、花崎皐平、といった名前が並んでいた。

「根府川の海」を読んだといって、未知の人、二、三人から手紙をもらったし、滋賀県の中川いつじという人からは『天への道』という詩集が送られてきた。生まれてはじめて貰った他人の詩集で、いそいそと礼状を書いた。

そしてその年の、二月の末、だんだん春めく頃、川崎洋氏から「一緒に同人誌をやりませんか？」という手紙を受けとったのだった。

十日間ぐらい考えて、やがて心を定め、「一緒にやりましょう」と返事を出した。

川崎さんと私とでは、詩に対する考え方もまるっきり違うように思われたが、彼のように日本語のうまい、言語にゆきとどいた関心を持つ人とならば、その一点でつながってゆけそうな気がした。日本語がうまいという言い方もへんなものだが、その当時ですら、多くの詩が日本語の語感では書かれていないという、大いなる疑惑と不満を持っていたからである。

その前にも同人誌への誘いはあったが、末尾に「いま酔っぱらっています」などと書いてあったりして、そういう文学臭がいやで、入らなかったのだが、川崎洋氏の手紙には、乗っていかずにはいられないような、何かを含んでいて、それが一番の原因だったような気がする。

「ともかく一度会いましょう」ということになって、東京駅の八重洲口で待合せることになった。お互いの顔をどちらも知らない。「僕は紺の背広に、燕脂のネクタイをしめて行きますから、それを目じるしに探して下さい」ということになった。

昭和二十八年、三月二十九日、その日は曇りだったが、十一時に約束の場所に行った。東京駅の八重洲口は、工事中で、掘り返され、コンクリートミキサーが唸り、土けむりもうもう、仮設の改札口だった。大丸デパートもまだ出来てはいない頃である。

紺の背広に、燕脂のネクタイは、その頃、男子のもっともポピュラーな服装であったとみえ、降りてくる男、降りてくる男、ずいぶんとそのスタイルが多かった。私は困ってしまって、一人、一人に当ってみようと決心した。折しも改札口を通る背のひょろ長い男性に「あのう、失礼ですが、川崎さんでいらっしゃいますか?」と声をかけた。「いや、違います」と言われ、一歩ひいた時、うしろから近づいた人があって、「茨木さんですね」と、やわらかく声をかけられた。まさしく、それが川崎洋さんだった。見れば見るほど、それは川崎洋以外の何者でもない。二十二歳くらいの筈だが、痩せて、まだ少年のように初々しく、風に吹かれる草のように、そよと立っていた。

彼も人が悪かったのである。目じるしの燕脂のネクタイも背広も、オーバーの衿で完全に隠していたのだから……。もしかしたら身も柱のかげに隠していたのではあるまいか。

当時、視力が自慢の私が、何としてもその姿を捉えられなかったのだから。

一緒にブリヂストン美術館へ行った。出来たばかりのブリヂストン美術館は、シンと静かで、絵を見ながら、同人誌のことをぼつぼつ話した。五千円くらいの費用で、百部出したい。隔月刊でなどと。

そこから歩いて、銀座へ出て、オリンピックで珈琲を飲んで、またしゃべった。

初めは二人誌として出発して、二号からは谷川俊太郎氏を同人に入れたいと言う。谷川さんは、友竹辰、金井直、山本太郎氏らと共に、私たちより一年先に詩学投稿欄を卒業していた。「彼は入ってくれるかしら？」と危ぶむと「何としてでも説得したい。いやと言ったら家まで出かけていって話してみる。でも入ってくれるでしょう、いい人らしいから」というようなことだった。

ともかく川崎洋さんが編集責任者、私が発行責任者ということで、二人で創刊号を出そうということになった。

「ああ、早く出したいなあ」川崎さんは痛切に言ったが、声がいたってかぼそくて、あまり切実感をもってひびかなかった。話をしているうちに、私はだんだん人間と喋っているのではないような気がしてきた。微妙に歯車が嚙みあわない。どこがどうと指摘できないくらいの隠微さなのだが、強いて言えば自然の一部と相対したような異和感があった。私が俗人であり、彼が天成の詩人であることの嚙みあわなさかもしれないと思った。

この世で会った最初の詩人が川崎洋氏であったことは、しかし、私にとってまことに幸運であった。詩人を称しながら、無頼漢みたいな人もいることを、だんだん知っていったが、最初にそうした、たちのよくない詩人に会っていたら、厭気がさして詩さえも見限ってしまったかもしれないのである。その日、私はわりと興奮していた。なぜなら、青春時代、同年輩の男の子と喋ることなどまったく罪悪視されていた時代に育ったから、純粋のボーイ・フレンドなど一人として無かったからである。川崎洋氏は五歳年下だったが、まさに私のボーイ・フレンド第一号であった。

同人雑誌の経験は二人とも初めてだし、はたしてうまく出せるものかどうか……。それに川崎さんは、ふうわり、おっとり、していて、事務的なことはいたって不得意のようにみえたし、私は杜撰《ずさん》なところがあるし、危ぶむ気持も動いたが、それはまったくの杞憂にすぎず、出すと決ってからの川崎さんは、実にてきぱきと動いて、またまた私を一驚させた。

「櫂《かい》」という誌名を選んだのも彼であり、私は「いいな」と思い、即座に賛成した。以後、一字だけの誌名をもった同人詩誌が続々と現れたのは「櫂」が流行を作ったのではあるまいか、と思われるほどだったが、我田引水にすぎるだろうか？

内容さえ良ければ、紙などはザラ紙でよいと思っていた私に、「いや、詩誌というものは、やはり上等の紙でやるべきだと思いますよ」ときっぱり言って、ツルツルのアート紙を選んだのも彼である。

創刊号のために「方言辞典」と「宣言」の二篇を川崎さん宛に送った。創刊号であるからには「宣言」がなくてはいけないだろうと思ってのことだったが、その詩の内容は「吉田内閣ぶっつぶせ」式の勇壮きわまりないものだったから、川崎さんは困ってしまったらしい。彼の美意識からすれば、絶対に載せたくないものだったのである。

彼は婉曲に「創刊号には〈方言辞典〉だけを貰う」と言って「宣言」の方は返してきた。改めてみると、たしかに良くない。しかし、テーマは捨てがたかったので、それから随分長い間かかって推敲し、同じ素材を練り直して出来たのが、「ひそかに」という詩である。見識ある編集長によって、言わず語らずのうちに推敲の大切さを教えてもらったような気がして、私にとっては忘れがたい一事である。

「櫂」創刊号は昭和二十八年五月十五日に出た。川崎さんの「虹」と、私の「方言辞典」二篇が載った、ぺらっと薄い、アート紙、六頁のものである。

後記に川崎洋氏はこう書いている。「私達はここにささやかな詩誌〈櫂〉を創刊しました。一つのエコールとして、或る主張を為そうというのではなく、お互のやり方で、自分々々の考え方からつくり出された作品の発表の場として、つまり、それぞれのものとしてしか存在し得ない作品、しかもそれが、お互にうなずける創造であるような、そんな作品を示し合っていきたいというのです。〈櫂〉の会員は、第二号より二人が三人になり、三人が四人、五人と増えていく事でしょう。どんな作品が、このささやかな詩誌の歴史を綴っていくか判りませんが、どうかその都度厳しい御批評を給わらんことをお願い致します」

創刊号が出て十日ばかりたった五月二十四日に、新宿で川崎洋氏に会い、中村屋へ行ってライスカレーを食べながら、刷りあがるまでの経過を聞いた。百二十部刷って、六千円かかったこと、横須賀在住の詩人、長島三芳氏に、印刷その他で、大変お世話になったこと、発送先のことなど。

既にきていた反響なるもの——主として葉書だったが、川崎さんと額を寄せあうようにして読んだのは、我ながらいじらしい図であった。二枚の葉書が深く印象に残った。一枚は鮎川信夫氏のもので「いたましい気持であなたたちの詩を読んだ。詩学研究会で知ったぼくの最も好きな詩人であるあなたたちの詩が、これからどのような発展をし、どのような試練に耐えてゆくかに深い関心を抱いています。あなた達がすぐれた素質を持っておられるだけに、ぼくの不安も人ごとでなくなります」。「櫂」創刊号の弱さをつかれた思いがし、また鮎川信夫氏特有の、つめたいあたたかさをも十分に感じとって有難かったのだが、一面、それほどひよわではありませんと言いたいものもあった。

もう一枚は嵯峨信之氏からのもので、「これから何度もスランプに陥る時がくるでしょうが、それは次の飛躍への大切な時期でもあるのだから、どうぞ筆を折らずに書いていって下さい」というものだった。嵯峨さんは詩学研究会の選者の一人であり、ずっと「詩学」の編集にも携っていたし、私たちと年齢もかなり距たり、終始変らず励まして下さった方なので、なぜか未だに母校の校長先生といった感じがある。といっても朴念仁の校長ではなく、そこはそれ詩人のこと、かつてのプレイボーイ時代の面影をいまだに揺曳させているところの粋な校長先生で、学校時代の校長とは遂に無縁であるのに、嵯峨さんには時々会いたくなるのは詩学研究会が、松下村塾的であったためだろう。

中村屋を出て、それから川崎さんと紀伊國屋の喫茶部へ行って、珈琲で「櫂」のために乾杯をした。紀伊國屋といっても、昔の建物で、入口の角に犬を売る店があった頃のことである。その日、二十四日は夫の月給日の前日で、川崎さんと割り勘で、ライスカレーと珈琲のんだら、お金がすっからかんとなり、電車賃にぎりぎりで、ほうほうのていで帰ったとある。日記を見るまで私自身、そんなにあやうい逢瀬であったことは忘れはてていた。

水尾比呂志氏は、川崎洋氏と福岡県八女中学の同級生で、ちょうどその頃、川崎家に下宿し、東大の大学院で美学を専攻していた。

帰宅した川崎さんが水尾さんに今日の経過を報告すると、水尾さんは「うむ、中村屋でライスカレーを食べて、紀伊國屋で珈琲というのは一流のコースだ」と断固として言ったそうである。昭和二十八年頃の一流コースとは、まったくなつかしい限りである。

「櫂」二号からは谷川俊太郎氏が参加した。最初もっともな理由で断ってきたのだが、川崎さんの如何なるいざないが功を奏してか、同人となった。

三号からは、舟岡遊治郎、吉野弘、二氏が加わった。二人とも詩学研究会出身であり、その作品はよく知っていた。吉野弘氏からの返事は今でもよく憶えているが、「参加します」という、短い、そして毅然たるものだった。入れて頂きます、でも、入りましょう、でもなくみずからの主体性で「入ってやるぞ」というニュアンスがあり、私はそこに非常に同時代を感じたのだった。吉野弘氏と私は同年生まれであり、その青春前期は謙譲だの、無我だの、長幼の序だの、しこたまつめこまれていて、敗戦と同時に、そうした躾《しつけ》に猛然と反撥するものがあった。「参加します」の一言で私には吉野さんの心の在りようが、ただちにわかるものがあった。

舟岡遊治郎氏は早稲田の学生だった。

四号から水尾比呂志氏が参加した。

昭和二十八年中に、「櫂」は合計四冊出したことになる。まだお互に顔さえ知らないのだから、ここらでひとつ面通しをしようじゃないかという谷川俊太郎氏の発案で、その年の十一月二十二日、谷川家に集ることになった。

杉並区東田町の家で、初めて谷川俊太郎氏に会った瞬間「嗚呼！ スクナヒコナ！」と私は思ったのである。出雲神話に出てくる少彦名は、みそさざいの皮を頭からかぶり、かわいい船に乗って、波のまにまに日本海から出雲までやってきた。大国主命と力を併せて、出雲の農業を隆盛に導き、ころあいを見て、粟の穂にまたがり、それをしなわせて、ポンと飛んで、アッというまに常世の国へ帰ってしまったということになっている。短い断章から想像される少彦名という神様は、小柄で、皮肉っぽく、きびきびと頭の回転迅く、そして寂寥感を充塡させている。谷川氏は既に第一詩集『二十億光年の孤独』を出版していたし、「ぼくは小さな神であろうとした」という詩句もあったりするから、そこからの連想だったかもしれない。少彦名は穀物神だが、谷川俊太郎氏は新しい詩の種を、ふんだんに蒔きちらそうとしているところも似ていた。いつこの世に厭気がさして、常世の国にポンと舞いもどるかもしれないような、人をはらつかせるところもあったのである。

初対面の水尾比呂志氏は、川崎洋氏と同年で二十二歳の筈だが、すでに三十五歳くらいにみえ、大学院の学生だったが、もう立派な学者の風格を備え、寡黙で、落ちついていた。「え？ 川崎と水尾と同年？ おどろいたねえ」と皆が言った。私も真実おどろいた。

舟岡遊治郎氏は谷川さんとは、豊多摩高校時代の同級生だったそうで「俊ちゃん」

「カッパ」と呼びあう仲だった。

演劇に関心を持つ人が多いことがわかり、「じゃ『櫂』も、ひとつその方向も持とうじゃないか」ということになり、決心さえすれば、苦もなく達成されそうな、こともなげな皆の発言にびっくりさせられた。川崎さんなどは劇場の暗く、空気の悪いのを嫌って、芝居も映画もろくに見てはいないらしいのである。

この日の話しあいは、四年後に『櫂詩劇作品集』となって結実し、的場書房より刊行され、事実、谷川、水尾、川崎、おくれて八号から参加した大岡信氏たちは、その後放送関係で大いに活躍し、川崎洋氏は現在、放送ライター専門の仕事に入り、今までの放送劇とは質を異にしたいい作品を重ねてきている。水尾氏はイタリヤ賞、ザルツブルグオペラ賞、オンダス賞などの国際賞を、「至極当然」というように、落ちつきはらって貰うようになり、この面通しの日の、幼かった会話との関連で考えると、ともかく男子というのは凄いものだとの感を深くする。

その日集った五人――谷川・川崎・水尾・舟岡・茨木は、庭で写真をとったり、犬と遊んだりしたが、犬は、かの有名な「ネロ」ではなかった。酒田市に住み、その日来られなかった吉野弘氏に寄せ書きを書いたりしていると、谷川さんのお母様が稲荷ずしを御馳走して下さった。細く刻んだ人参が中に入っていて、いかにも栄養を考えた家庭的な味わいだった。黒の益子の大皿に盛られていたから、なおさらに格別であった。

次第に同人も増えてゆき、中江俊夫、友竹辰、大岡信氏らが入った。中江俊夫氏は既に「荒地」の同人だったが、その第一詩集『魚のなかの時間』に、ぞっこんまいった谷川さんが先頭にたってひっぱった。牟礼慶子さんにも入ってもらいたく、交渉したのだが、やはり「荒地」に入った直後だったので、断ってこられたのは残念だった。

大岡信氏は、大学を出て、読売新聞外報部に入ったばかりの頃だが、彼は詩学研究会とは何の関係もなかった。ただその頃、「詩学」に「シュールレアリズム批判」という、エッセイを発表していて、それが大変良かったので、誰いうとなく、このみずみずしい論客を是非迎えたいということになり、皆賛成して参加してもらった。

昭和二十九年四月十八日、麻布笄《こうがい》町にあった友竹家で、第四回目の「櫂」の会をした時、大岡信氏と初めて会った。彼もまた初々しい青年で、頬を染めたりはしなかったが、なぜだか、初対面の印象は、頬を染めがちな紅顔の美少年という印象で残っている。しかし言うことは、きびしくて、しょっぱなから「あなたの詩は、以前は即物的な良さがあったんだが、最近のものは観念的になってきて、良くない傾向だとおもう」などと私の詩を批評してくれたりして、その容姿と実力の、似つかわしからざること、佐々木小次郎のごとくであると思わせせられた。

友竹辰氏は、詩学研究会の上級生だったが、谷川家での第二回、第三回の会の時、遊びにきていて、その後輩どもが大いに気に入ったらしく、私たちもまた、友竹さんをこ

「櫂」小史

よなく気に入ったので、すらすら入ってもらった。友竹辰――すなわち友竹正則氏は、国立音楽大学在学中の、有望なバリトン歌手ででもあったのだが、アルバイトに、自宅で声楽志望の男女に、個人教授を行っていた。

その日も隣室で、ピアノの音と、発声練習やら、先生然とした友竹さんの「はい、もう一度」という、張りのある声がひっきりなしにきこえてきた。終ると私たちの話に参加し、その話しぶりは、たくまずして皆を抱腹絶倒に至らしめ、そしてまた次々生徒がやってきて、ピアノの前にもどり、再びきびしい先生になるというふうだった。

詩の集りなのに、詩の話をこってりやるということはなく、お互の作品の批評や批判ということも、あまり正面きって出なかったのは、それぞれが一国一城のあるじであり、他人の印象批評などにはガタリともしない勁《つよ》さを堅持していたことを、お互に知っていたためだったろうか。むしろ何でもない雑談のなかから、掬《すく》っておきたいものが、こぼれ出た。

「僕は辞書類だけは、いろんなものを備えてある。それは詩を書く者の当然の義務だと思うから」と言ったのは川崎さんであった。私は反射的に、小学校卒業の時、優等生記念として貰った、既に表紙などはちぎれているたった一冊の手持ちの漢和辞典を思い浮べた。彼の言に刺激されて、これではならじと決心したが、広辞苑など買ったのは、それから十年も経てからだった。

ように、別々の機会に言った、大岡さんと、水尾さん。二人が稀代の勉強家だけに、そ「詩人ほど不勉強なものはいない。ひどいなまけものだ。物知らずだ」殆んど吐き出す

の口から出た言葉は、おっそろしく身に沁みた。

「批評てのは、つまり讃えることだな」なにげなく谷川さんが言った。批評の定義としては、今に至るまで私の最も気に入っているものの一つである。どうやら出典は小林秀雄あたりにあるらしいことを後で気づいたけれども。

舟岡さんは早稲田大学で、政治活動を始めていたらしく、ガリ版でも切っていたのだろうか、いつも手の爪に墨汁らしきものをこびりつかせ、それをいくらか気にしつつやってきたが、「基地反対闘争にしろ、何にしろ、知識人はすぐ言挙げするが、けっして最後の最後までは附きあわない。見とどけない」と学生運動もろともに糾弾した。

一人、一人は完全に切れていたのだが、「四季派の復活」とか「時代とずれた抒情詩人の集まり」というふうに、やはりグループ単位で一括して批評されることが多かった。内部批評として忘れがたいのは、好漢・舟岡遊治郎の吐いた名台詞「櫂の同人は、シュークリーム詩人である」と言うのである。たしかに一面、言い得て妙であると、おかしかったが、ぐっときていかる者もあった。しかし、はたしてシュークリームほどにおいしかったものかどうか。

それとの対比で思い出されるのは、まったく別の機会に言った、谷川俊太郎氏の「僕

は、僕の若さに忠実だという自負がある」という昂然とした言葉である。当時私は、思いもよらない方向から飛んできた矢に射抜かれたような、或るショックを受けたのだった。戦後の劃一化された、総懺悔、総反省、総否定の発想とは、次元を異にしたところから発せられた言葉であった。

資質を異にしながら、それぞれが思い思いにやろうとしていたことを集約すれば、谷川俊太郎氏のこの言葉に帰着するだろう……と今にしておもうのである。次第に詩から離れてゆき、政治活動に飛びこんでいった舟岡さんもまた、自分の若さに忠実だったと言えるだろう。

「櫂」は文学運動でもなかったのだが、「荒地」や「列島」が表現し残したものを、埋めようという、本能的な衝動のようなものは、皆に共通にあったような気がしてならない。

これはまったく私見にしかすぎないが、敗戦後の詩運動はおおむね、骨格ばかりのようで、水気、色気、うぶ毛などがいたって乏しく感じられた。これらを取り落し、骨だけでは生物の生物たる所以を完《まっと》うできないではないか？　したがって人間という生物が創ったところの詩にもならなくはないか？　という疑問があったのである。

「櫂」は贅沢な、遊びの詩誌と見られることが多かったが、一人、一人の生活環境を見れば、お互、花を咲かせる土は、かなり荒蕪の瘦地だったのである。

谷川俊太郎氏は、恵まれていたとはいえ、大学なぞだという、くだらないところへ行くことは取りやめ、豊多摩高校卒後、ただちに文筆で立とうと独立をめざした。くわしくは知らないが、その頃の御両親との葛藤は相当のものだっただろう。

川崎洋氏は横須賀の駐留軍基地に勤め、父上に早く亡くなられたため、長男の彼は、五人家族を背負って立っていた。基地に勤める前に、いろんな職種を遍歴し、風太郎《ぷうたろう》時代もあったということで、横須賀の波止場で荷揚げをしている時、軍艦からつき出されたクレーンが、荷物をはさまず、トラックの後尾を咥《くわ》えたものだから、トラックごとぐいぐい引きあげられ、車上にあった川崎さんは海へ捨てられそうになり、あんなこわいことはなかったと話してくれたことがある。基地勤務になってから、やっと九州から家族を呼ぶことができたのだった。生活苦にひしがれる思いをしたのは川崎さんが一番だろうが、その跡をとどめないことも随一で、詩ときたらマロン・グラッセのように贅沢なものを、あっさり書いてしまうのである。いかなる労苦も、その隅々まで享楽してしまう不思議な精神構造の持主で、どうもそれはうまれつきの性格らしかった。その他の同人も推して知るべしの、火の火の車であった。

「櫂」を出す費用は、川崎洋氏が半分を負担、私が四分の一を負担、あとの残りを同人費で埋めるということになっていた。

「櫂」六号の頃は、二百部刷り、一万二千円かかっている。その頃は大変な大金におもわれた。私の発行責任者とは名ばかりだった。いつか木下順二氏が「へえ、あなたが発行責任者？　ひっぱられる時はまっさきだな」と言われたが、ひっぱられる折もなかったので、役にはたたなかったのである。

編集、発行、発送、置いてもらう本屋との交渉、すべて川崎さんの肩にかかっているのが心苦しく、せめてお金の面でいくらか彼の負担を軽くしたいと思い、内職を始めた。「さくら織」という、小さな手ばたを買ってきて、高円寺まで講習に通い、毛糸でネクタイを織った。一日に一本しか織れなかったが、十本もたまってくると、友人の会社で売ってもらったり、川崎さんの勤務先でも売ってもらった。男どもの頸をしめあげる、色とりどりの、そして、かなり渋くもあったネクタイを、どれぐらい織っただろうか。いくらの足しにもならなかったと思うが、そうしないではいられなかった。「美談ですねえ」と人にやじられることもあったが、とんでもないはなし。織物の原理を、いくらか会得したのがめっけものだった。

昭和二十九年、七月十一日、その日は雨もよいだったが、第六回の「櫂」の会を、根岸の「笹の雪」でやったことがある。豆腐料理専門の店で、江戸時代には、吉原からの朝帰りの客が立ちよったという、構えも今ほど大きくならない前で、いかにもそれらしい店だった。ゲストに三好達治氏と、保富康午氏が来て下さった。何を語りあったかは、おおかた忘れてしまったが、谷川俊太郎氏と保富康午氏に「女でなければ書けない詩を何故書かないか」と挑まれたことを覚えている。友竹辰氏に促されて、隣席の三好さんにお酌をしたことも覚えている。戦時中、私は郷里の家で、かまどに薪をつっこんで、団扇でぱたぱたやりながら三好達治著「諷詠十二月」を、吸取紙のように読んでいたことがあった。ごはんを炊く時はそれ専一にすべきで、本など読みながらやるものではないと、母にきつく叱られたりしながら……。「海」という詩を、暗記したこともあったが、その三好さんにこんな形でお目にかかれるとは思わなかったし、戦後は三好達治の詩に対する関心も急速に冷えていた。最近になって、昭和二十一年発表の、三好氏の「天皇に退位を迫る」達意の文章(「なつかしい日本抄」)を読むを得て、戦争賛美詩は、一応置いて、ともかく敗戦直後に、これだけのことは言っていたのか……という、或る感慨に打たれたのだった。「笹の雪」での会の時、お酌などするひまに、もう少し実のある話を聞いておくべきだった。人との出逢いでは、悔むことの方が多い。

「これだけでは足りない、銀座で飲もう、来ないか」という、三好さんの発言で、皆ぞろぞろタクシイに乗った。私は家が遠いので、雨あがりの灯のつきはじめた夕闇の中へ、車が走り去るのを見送ってから、帰った。彼らは銀座のライオンで、三好さんから、大いに麦酒を御馳走になったらしい。最近になっての話で、あの時皆は、こう大勢では、三好さんの財布は大丈夫だろうかと案じたらしい。何かの拍子で出された三好さんの財布が部厚くふくらんでいたので、さては原稿料が沢山入ったのだな、とほっと安心して、次第に酩酊していったということである。「あの頃は、ほんと、みんなひどくピイピイしてたねえ」というのが、友竹辰氏の感想である。

「笹の雪」での会が果てる頃、岸田衿子さんが来た。初対面の衿子さんは、黒と白のこまかいチェックのレインコートの下に、ラベンダー色の胸の大きくあいた、サマーセーターを着て、すてきにきれいだった。谷川俊太郎氏と衿子さんは、当時、恋仲で、二人がその日ひそかに手紙を交換したのを目撃した者がおり、あの二人は結ばれるだろうと言った。

また「櫂」に発表した谷川さんの詩を読んで、そのことを深く察知した者もいた。それを聞いて、私はつくづく友人の詩でさえも、如何に浅くしか読めていないか、詩の読みということに関して、まったく自信を失ったのだった。

二人は、やがて本当に結ばれて、以来二人の新居となった、谷中初音町の衿子さんの家で、しばしば「櫂」の会がひらかれるようになったのである。この家でお客様としての飯島耕一氏とも初めて会った。清瀬の療養所を出たばかりの頃で、顔色がまっしろだった。爽やかな人で、やはり大学を出たばかりの頃だが、すでに若手教授のような雰囲気があり、「夏目漱石は、夫人を本当は愛していたんだ」というようなことを、説得力をもって語り、私など生徒のような気分で聴いていた。

好川誠一氏ともこの家で、はじめて会った。彼は当時二十一歳で、文選工の仕事をしていた。文章倶楽部（「現代詩手帖」の前身）に投稿していたが、選者をしていた谷川俊太郎氏が、その才能を高く買い、皆に相談して、「櫂」同人として迎えたのだった。会津生まれということだったが、寡黙な人で、衿子さんが麦酒の栓抜きが見当らなくて困っていると、「僕があけてあげます」と言って、いきなり歯を使って、つぎつぎビールびんを開けていった。思わざるこの逞しい特技に、みんな、やんやと喝采したが、誰の胸にも、或る言いしれぬ痛ましい思いのようなものが、流れていったようだった。「歯をいためると悪いから、もう止して」と言ったのは、友竹さんだったか。

労働者としての逞しさと、詩を書く人間としての繊細さが、うまく融合していないような危うさを、その二十一歳の軀に滲ませていた。参加する時の彼の返事を、先日川崎さんから見せてもらったが「このごろ、おもいました。わたしが詩を創ることは、ほんとうに詩を創ることは、罵倒の言葉を背に浴びて、文句なしに、馘首《くび》にされることだ、恐ろしい、ことだ。と――。」という一節があり、二十一歳にして、これだけの覚悟を持っていた人だったことを知った。彼の眼に、私たちの姿は、どのように映じていたのだろうか。

昭和三十年一月一日の発行日付で、「櫂」十号が出た。編集長が「これは今となってみると、ちょっとしたものだ」と言う、その十号は

エッセイ
詩の構造……大岡信
「農民が欠けている」……谷川雁
詩劇の方へ……谷川俊太郎
詩
苦い風景……牟礼慶子
病床の友へ……山本太郎
あるプロテスト……飯島耕一
さようなら・私心は……吉野弘
群衆の中で……中江俊夫
恋人・その他……川崎洋
声の三つの歌……友竹辰
生・ネロ……舟岡林太郎（遊治郎改め）
初冬……谷川俊太郎
詩劇
埃及……水尾比呂志
埴輪1……茨木のり子

となっていて、四人のゲスト作品もある。表紙は、バーナード・リーチ氏の陶器の絵つけのような墨絵であった。その頃、バーナード・リーチ氏の乾山研究、ならびに日本文化の資料集めなどの、秘書となって一緒に仕事をしていた水尾さんが依頼したもので、「なんという詩誌？　櫂？　おお　オールね！」

と言いつつ書いてくれたということだった。

その年の九月十一日、駿河台の山の上ホテルのパーラーに集ったのだが、その日の記載に「谷川氏、離婚問題を匂わせる。大岡氏、意中の人、かね子さんとの結婚問題スムーズに運ばず消耗のてい。川崎氏、佐和子さんとの失恋問題で悶。濃紺ベレーをかぶった水尾氏のみ一人超然」とある。みんな若く、年頃であり、多事多難なのだった。大岡さんは「ぼくは　もう　だめだ！」と言ったりした。本人は忘れてしまっただろうが、そういう形而下的なことで悩んでいた頃の彼も、なかなかに良かったのである。

「櫂」十一号は、好川誠一、大村竜二（本名、大滝安吉）二氏を新同人として昭和三十年四月二十日に出している。大滝安吉氏は酒田市在住で、吉野弘氏の親友であり、結核で「のびきったゴムのように、毎日寝ています」という葉書をくれたりした。敗戦の年、海軍経理学校を卒業し、戦後、東北大学法文学部に入学したのだが、結核がひどくなり休学、以後酒田市で「谺《こだま》」といういい同人詩誌を発行していた。理論派であり、詩もしっかりしていて、吉野さんの推薦で新同人として迎えたのだった。戦時中の栄養不良と、からだの酷使がたたって、戦後、蝕まれた軀との格闘を余儀なくされた青年たちを身近に沢山知っているが、大滝安吉氏もまたその一人だった。

そして「櫂」は、事実上、この十一号をもって終刊となったのだが、そのあと、『櫂詩劇作品集』を昭和三十二年九月一日付で、的場書房より刊行している。

岸田衿子　まひるの星の物語
友竹辰　恋亦金男女関係
川崎洋　海に就いて
大岡信　声のパノラマ
寺山修司　忘れた領分
水尾比呂志　「長恨歌」より
谷川俊太郎　夕暮
茨木のり子　埴輪

の八篇であった。岸田衿子さんは、これより前に「櫂」同人となっていた筈だが、作品を発表したのは、この時が初めてである。この頃は胸が再発して、富士見高原療養所で病を養っていた。寺山修司氏は同人ではなかったが谷川さんの友人であり、演劇に熾烈な興味を抱いていた人なので、参加してもらったのだと思う。この詩劇集は、おおむね不評で、さんざくさされたが皆へいちゃらであった。

それぞれが、もう一、二冊の詩集を出していたが、出版記念会というものは、殆んど誰もしなかった。『櫂詩劇作品集』の刊行を記念して、どこかのホールを借りて、自作自演の一幕ものを皆でやろうじゃないかという話も出て、実際一幕ものを書いた人も数人いたのだが、それも陽の目をみないうちに終刊になった。

終刊になったいきさつは、どうもはっきりしない。その辺の記載が抜けているせいもあるが、皆が集っての会合で決めたことではなかったらしい。発端は、谷川俊太郎氏が無茶苦茶に忙しくなってきて、同人誌はどうもお遊びとしか思えなくなったから、抜けたいと言い出し、また一年くらい前に、舟岡氏も抜けたいと言ったのを慰留したこともあり、それならこの辺で総解散といこうと、誰いうともなく言い出して、あっさり決ったように思う。私は川崎さんから電話で聞かされ了解したような気がしている。こんな小さな詩誌の解散でも、いろいろ取沙汰されて「そもそも誰と誰との不和が底流としてあった」などと書かれたりしたが、そんなことは全然なくて、或る飽和点に達したための、ごく自然な解散というふうに私は感じていた。

吉野さんが古い書簡類の保存よろしきをえているとわかったので、問い合せてみると、その辺のところがはっきりしてきた。編集長の手紙が残っており、「同人はそれぞれ皆、個人の仕事へと比重が変ってきた。グループ単位でしか物の見れない、昨今の怠惰な風潮にも一発くらわせたく、櫂も解散にふみきった」という主旨のもので、一応大義名分を通している。私から送った例会通知もあって、解散式なるものも、やっていたのだった。

昭和三十二年、十二月十五日、麻布笄町の友竹家で、五百円会費のスキヤキパーティだった。吉野氏は、帝国石油勤務だったが、酒田から柏崎に転勤になっていて、柏崎から上京してきた。私が上野駅まで迎えに出ると、彼は夫人の編んだ毛糸の帽子をかぶって降りてきた。吉野さんとは面識があった。私が埼玉県の所沢町に住んでいた頃、出張で上京した彼が、竹藪に囲まれた、六畳、二畳二間きりの雀の宿のような茅屋を不意に訪れてくれたことがあったからである。

吉野さんの第一詩集『消息』が出版された時、当時神楽坂に間借りしていた拙宅へ、皆が集まり、谷川さん持参のテープレコーダーを廻して、『消息』をめぐる座談会を吹き込み、自作詩朗読も一篇ずつ入れた。黒田三郎氏も加わり、みんなが自分の声に呆れかえったりした。テープレコーダーの出はじめの頃だったが、そのテープを持って、編集長が、酒田まで行ったので、川崎氏も吉野氏と面識があった。しかし外の同人たちは、この解散式の日に、はじめて吉野さんに会ったわけである。

最近になって川崎洋氏が白状したところによると、「櫂」を印刷してくれた所の、女の子が川崎さんに好意をもって、何くれとなく便宜をはかってくれたのだったが、彼が近く和枝夫人と結婚することがわかると、その女の子の態度が俄かに冷たくなっ、てきた、それで厭気がさしたんだということで「おい、櫂解散の真相は、その辺りではなかったのか?」ということになっている。

昭和二十八年五月より、三十二年九月迄、約四年半の間に、十一冊の「櫂」と、一冊の単行本『櫂詩劇作品集』を出して終った。

このあいだ日本近代文学館より依頼があり、「櫂」創刊号を貸してほしい旨の連絡があった。送ると、しばらくして『日本の近代詩』(日本近代文学館編・読売新聞社刊)という本が恵送されてきた。みると本の扉に「明星」や「感情」「詩と詩論」などの表紙にまじり「櫂」創刊号の表紙もれいれいしく入っていて、驚かされた。「櫂」も半分、歴史がかったのかと思い、半分、墓場がかったのかとも思い、夫婦だって十年も経てばそれは一つの歴史というもので、別に驚くにもあたらないが、最初川崎洋氏と共に、実に自然に、ふらりと漕ぎ出したものであってみれば、いくらか奇異の感に打たれたのも、やむをえない。

第一期の「櫂」のとき、お客様として来てくれて、ともに詩を語りあった方々の名も記しておこう。三好達治、保富康午、長江道太郎、嵯峨信之、木原孝一、小田久郎、黒

田三郎、牟礼慶子、山口洋子、飯島耕一、金太中、岩田宏、石原吉郎、松永伍一、知念栄喜氏等。

ゆっくり話はしなかったが、水尾さんの勤務先、駒場の民芸館での茶会の折、来て下さったのは、鮎川信夫、吉本隆明、安西均といった方々だった。

＊

終刊になってから、約八年の歳月が流れた。その間に、結婚あり、離婚あり、再婚あり、私の見るところ深刻な浮気はなかったようであるが、人々の住所は転々と変り、職業も変り、いつのまにかおおかたは、一児ないし二児の父親、母親となっていた。

「櫂」は解散したのに、詩誌は発行しないというだけで、何かと言えばよく集った。水尾氏が毎日出版文化賞を貰ったと言えば、がやがやと中華料理をたべて祝い、川崎、谷川両氏が芸術祭賞になったと言えば、サントリーラウンジの一角を占め、友竹正則氏のリサイタルがあれば「冬の旅」全曲を、雁首そろえて神妙に聴き、どこそこに赤んぼうが生まれたといえば「それ！」となり、吉野氏が東京移転になれば、「笹の雪」で乾杯となり、ハンガリイ動乱の頃の会合では、大岡、舟岡両氏の大論戦も展開され、夏になれば、藤沢の水尾家へおしかけて、子供ともども泳ぎ、まったく「いつ解散したのやら」というありさまで、つきあいの方は、かえって濃く残ってしまったのは、偶然ながら気持のいい人間たちばかりだったせいだろう。

昭和四十年の夏、水尾家を借りて泳いだ時——といっても私はいつも浜で、皆の荷物見張番なのだが、その時は舟岡、岸田両氏を除く全員が集っていた。新幹線が出来たおかげで、名古屋の中江俊夫氏も、いつも出てこられるようになった。中江氏に関して触れること少かったのは、彼が私にとって謎の人だからで、第一期の「櫂」のときは、私は一度も会っていない。とてもいい長い手紙を二、三度もらったことはあるが、京都、一宮、名古屋と彼の住所もめまぐるしく変り、どこの大学を出たのか、何をもってたつきとしているのか、いつ結婚したのかも杳としてわからない。尋ねてみればいいようなものの、そういうくだらない(?)質問を峻拒しているところがあって、今もって知らないままである。エキセントリックで、ぴりぴりとこわい反面、人間の持ちうる最高級のやさしさを隠しもっていそうに思われるふしもある。風の便りにきいたところによると、夫人は言語学者で、大学の先生をしているそうだが、先年ドイツへ留学した。中江さんはせっせと働いて、夫人の滞在費を送ってあげていたという。世の常のケースとはまったく異る話を、私はとてもいい話だと思って聞いた。中江俊夫研究はこれからである。

その日、泳ぎ疲れての夕暮、水尾家でお母様や妹さんたちの手作りの御馳走を、おいしがってぱくついていた時、誰言うともなく、「櫂」復刊の話が出た。私は「櫂」は第一期で終刊させるべきであると思って、口にした。解散にしろ復刊にしろ、あまり恣意的すぎるように思われたからなのだが、みなみなすんなり復刊に賛成で、世にもまれ、心ならずもの仕事もし、ふたたび詩の初心に立ちかえりたい風情もほのみえた。自分一人抜けて、このおもしろい人々と無縁となるのも一寸恐怖で、また決然と袂を分つほどのいわれも今のところなく、いくらか釈然としないまま復刊に賛成した。

復刊してみれば、やはり一番のびのびと書きたいように書ける、有難いリトル・マガジンなのだった。

第二期の「櫂」は、川崎、水尾、友竹、三人衆の編集、発行に切換え、昭和四十年十二月一日に発行した。復刊一号とせず、前から続けての十二号という形をとり「ごきげんよう。この雑誌をまた続けようよ　ということになった……」という後記になっている。

第一期の終刊号を出した日付から数えるとちょうど十年目にあたっている。そして、その間に、二人の同人を失った。第一期「櫂」のもっとも後期に参加した、好川誠一氏と大滝安吉氏である。好川さんはノイローゼが嵩じての自殺と伝えられ、ビール瓶を歯であける特技をまたしても痛ましく思い出され、何かバランスのうまくとれていないような、あやうい若さが、こういう形で終止符を打たれたことに暗然とした。

大滝安吉氏は宿痾の結核で逝った。古い手紙類を整理している時、二人のものが出てきて、好川さんのは右下りの個性的で大きな文字。大滝さんのは几帳面な美しい書体と文。

人間は消え失せてしまったのに、字は残るという、ごくあたりまえのことに、とてつもなく胸をつかれたことがある。

復刊後、「櫂」はすでに六冊を出し（昭和四十三年十二月現在）十四号からは飯島耕一氏が参加した。彼は「櫂」の会によく来てくれたから、昔からの仲間のようで、何の異和感もない。現在の同人は、川崎洋、水尾比呂志、友竹辰、谷川俊太郎、吉野弘、大岡信、中江俊夫、飯島耕一、岸田衿子、茨木のり子の十名である。

「今度こそお互いの批判を徹底的にやって、ひいひい言いあおうじゃないか」ということになっているが、ヒイーッという声は、まだ今のところ、あんまり聞かれてはいない。「あなたが今まで詩を書き続けてこられたのは、お友達がよかったせいよ」女の友人からよく、このように言われる。「そんなことない。私は私であって、特に誰から影響を受けたということないもの」と、その都度否定してきたが、これを書きながら、つらつら思うよう、やっぱり私は「櫂」同人から多くを得てきた。その最たるものは、何事によらず頭と姿勢の硬直しがちな私を、彼らと一人の彼女は、寄ってたかって、揉みほぐそうとしてくれた形跡である。私の耳はいつも「もう少し軟派になったら、どうなのかしら」という、声にはならなかった彼らの声を聴いてきたように思う。軟派にはなりそこなったが、箸にも棒にもかからない硬直をまぬがれ得たような気がするのは、このクルー達のおかげであったかもしれない。

一人一人の内部に立ちいってみれば、世帯疲れが出てもおかしくないほどに、遮二無二働いている彼らだが、そして一様にものを創り出す苦闘に喘いでもいるのだが、会えばおよそ家庭の匂いなどは感じさせず、苦悶のていもみせず、いまだ独身のような顔をしているし、独身時代と事実あんまり変っていない。

彼らをこのようにあらしめているところの、各夫人たちのことも、たっぷり書いておきたい気もするのだが、紙数が切れてしまったし、この辺で、まあ、けっこう、カットも伏字もあったところの、現存「櫂」フィルムも切れということにしておこう。

語られることばとしての詩

「外国では詩人の自作詩朗読がきわめて盛んだが、日本の場合はいったいどうなっているんですか？」という質問を、実に頻繁に受ける。そして、その口調には常に幾分の非難がましさと、じれったさが籠められているようである。

ではそのように問う人は、日本の現代詩人の朗読を、ほんとうに痛切に聴きたがっているのだろうか？　私の答は否である。そう言う人に限って、日本の詩の朗読なんかには多寡《たか》をくくっているし、聴きたいとも思ってはいないらしい。ソビエトの、イギリスの、フランスの、アメリカの、インドの隆盛な自作詩朗読を見聞して、その比較上、ただ現象として捉えて、口にしてみたというに過ぎない場合が多い。

外国にあるものなら何でも日本にだってという商品の氾濫と同じ感覚であり、またいくらかその発想法には明治初期の文明開化の匂いがすると思うのである。ソビエトならびに共産圏の国々を廻ってきた岩田宏氏の話によると、それらの国々でさえ、自作詩朗読ということにそっぽをむき、一切やらない人もかなり居るということである。さもありなんと思う。私たちに伝えられているのは、共産圏の国々では、詩人と名のつく人、皆が好んで堂々と朗読をするような情報ばかりである。少々おかしいと思っていた。聴きもしないで言うのは乱暴かもしれないが、ソビエトなどの自作詩朗読が熱狂的なのは、政治家の代行者としての、アジテーションの要素が第一にあるのだろう。第二に平生耳に入ってくる言葉が決りきった紋切り型で、民衆の心には、もっと伸びやかで、柔軟で、弾力のある言葉を聴きたいという飢渇があるのだろうと思う。

それらの要素が、からまりあっての熱狂と規模になっているのだろうと想像される。こうしたことは垂涎おく能わざる出来事とは、到底思われない。

一口に外国の詩朗読と言っても、世界でもっとも美しいと言われるフランス詩の朗読をとても厭だという人も居る。フランス語の発音そのものが厭なのだそうだ。英語の方が肉感的で、はるかに好ましいというのである。私は聴くなら、ドイツ語の詩朗読を聴きたい。あのゴツゴツした発音を最も好むから。外国の詩朗読と言っても、何処の国の、誰の朗誦術が現在、世界に冠たるものかという判定はとうてい出て来ないように思う。蓼食う虫もすきずきなのだし、好みに非常に多く左右されてしまう。明日はアフリカ土語による朗誦術が、もっとも魅力あるものとして、私達の耳をひっとらえないものでもない。

外国の自作詩朗読を聴いて、意味はさっぱりわからないが、抑揚、リズム、ひびきなどえもいわれず、魂の昂揚感を覚えるという人も多い。単に朗誦術としてなら、確かに否むことのできない美しさを感じさせられる場合もあるが、意味がさっぱりわからなくて、はたして詩を聴いたと言えるものかどうか。

「隠されている、深い意味の、啓示」を感受できた時、それを詩と私は感じる方なので、それをすっかり取り落しては、いくら耳に快く、魂を洗われる思いがしても、それでは野鳥の交響楽を聞いたときと大差はないだろうと反論したくなる。

次に、仮に日本でも、もっともっと自作詩朗読が盛んになるべきだとするなら、まず、それを聴きたい、楽しみたいという人の層がもっと厚くならなければならないだろう。そういう土壌はあるのだろうか？　まったく個人的な感想だが、私には無いのだと思われて仕方がない。詩ブームと言われるものの実態に懐疑的であると同じように。

こういうところで張り切ってみても、しらじらしいのはやむをえない。

けれどもまた、外国から帰ってきた詩人たちは殆んど一様に、日本の詩朗読の未発達になんらかの意味で意識的になって戻ってくるのは事実である。感じかたはさまざまで、「今迄、あまりにも恣意的にやりすぎていた。アメリカのギンズバーグの朗読を聴いて、自分ももう少し考えてみなくちゃと思った」「日本語の詩の朗読を強いられて、そちらはぶっきらぼうにやったが、同じ詩の英訳の方は、思い入れたっぷりにやらざるを得なかった」「日本でも、もっと気楽にじゃんじゃんやるべきだよ、ビールでも飲みながら」

そして、日本の詩があまりにも活字のなかに、詩集のなかにのみ閉じこめられすぎていること、語られる言葉としての、すぐれた詩が不在であることの意識は、皆ことごとく一致しているようなのである。

日本でも、かつては「語られることば」としての詩しかなかったわけである。文字ができてからでも、和歌、俳句にはその伝統が脈々とあり、耳からくるひびきを本能的に大切にしているようである。琵琶法師は日本の吟遊詩人と言ってもいいものだろうし、なにわぶしに強烈にポエジイを感じて酔いしれた人々もあり、能もまた活字に頼らない詩として受けとめられていただろう。

実際、万葉時代の額田王は、どんな抑揚とリズムで、あれらの歌を口にのぼせていたのだろう。芭蕉は弟子たちとの連句の席で、どんな声音で詠じ続けたものだろう。仮に再現できるとして、現代人の耳にはどういうふうに聞こえるか？　私の想像では、声明、お経、御詠歌などと大差のない、陰々滅々の抑揚のなさではなかったろうかと思うのである。

明治以後、異質のことばを知ってから、それらの陰々滅々の朗誦術は捨てさられたのであろう。詩は活字のなかに閉じこめられてゆき、西洋音楽の力でも借りなければ、なんとしても羽ばたかず、かつての伝統とも、もはや結びつきようもないのである。従って現代の自作詩朗読は、素でしか読みようがなく、殆んどがボソボソと呟く型である。

ともかく昔は日本にもあった「語られることば」としての詩の伝統が、何時、何処で断絶してしまったか――そのいわれはもっと錯綜しており、こんなに簡単に素通りできるものではないだろうが、問題が大きすぎて、私自身探り出せてもいないので、通りすぎてゆこう。

更に詩朗読が日本で育ってゆかない、定着してゆかない一番大きな原因は、「詩」と言われた時、日本人の頭に反射的に浮かぶしろものが、あまりにも複雑多岐に亘っていることにある。二十代の若い世代だけに限ってみても、三木露風や三好達治のものを詩として、真実愛している人々があり、一方、鈴木志郎康の「法外に無茶に興奮している処女プアプア」というような作品にしか絶対に詩を認めない層もある。そうしたことを歎くつもりはさらさらない。こういう傾向は今後もっと増大してくるだろう。ただ「詩」という時、それぞれが想起するものの、あまりのピントの合わなさだけは確認しておきたいのである。おまけに詩まがいのものが、詩としてまかり通っている盛大さもある。

近代詩の潮流の、あまりの迅さと烈しさは、民族的な規模で「これぞわれらの詩」と見定め、抱きとることをまったく不可能にしているようである。だから詩が好きだというこことだけで、集ってみても、その朗読会はなんの意味もなさないし、交流も生まれ得ないだろう。誰それの何という詩を聴いてみたいという、積極的な欲求がなければ。

というようなわけで、私はこうしたもたつきを、そのまま受け入れていて、日本の自作詩朗読がいたって萎えた状態であることを、特に恥とも思っていない。

小説家や劇作家は、自分の作品を、不特定多数の人間の前で朗読する義務を負ってはいないのに、詩人には何故、自作詩朗読への要請がかくも多いのだろう。それを訝《いぶか》しむ気持もある。外国の場合、そもそもの淵源は、いったいどの時代にまで遡れるのだろう？　日本では古代以降、詩人自身が人前で、詩朗誦をするということは、絶えてなかったような気がする。同好の士が集って、和歌、俳句、漢詩を吟じあうことはあったろうが、一般の人のなかからは、逸れて、逸れてゆくという傾向を辿ったのであって、今になって「大勢の前で、やってごらんよ」ということになっても、読む方も聴く方も、こそばゆいこと限りなし……というわけだろう。

若い頃に読んだモリエールの戯曲の中に（なんという題名だったか今、探し出せないのは残念だが）やたらに自作詩朗読をやりたがる男が出てきた。彼はおおかたの顰蹙を買い、敬遠され、ひとたび登場し朗読を始めると、さあっと人は居なくなり、あれがあいつの恐るべき唯一の欠点だと噂されている。潜在意識というか、この登場人物が心の底に沈んでいて忘れられない。モリエールの描いたような男がうようよ居ては、まったく地獄の責苦であろう。

観点を変えれば、日本の詩人たちが、やたらに自作詩朗読をやらないのは、思いのほかの清潔な眺めとも言えるのである。これはまあ冗談として、詩朗読が（詩人、俳優を含めて）現在より、もう少しましなものになってほしいと願うことでは人後に落ちないが、私自身はやろうという意欲がない。理由は簡単で、我が舌、なみの人より長く、喋るとき舌を嚙みきらないためには、適度にまるまり、ために呂律がまわらない。発音不明瞭なくせに、人が聞き返すと憤然とする悪癖があり、ろくでもない詩を、更にろくでもなくして届けるのは要らざる焦立ちを配給することになろうと思うからである。

「山本安英の会」主催の第一回の〝ことばの勉強会〟の折、木下順二氏は「のっけから挑発的言辞を弄しますが」と前置きして、日本の自作詩朗読のくだらなさを槍玉の一つに挙げられた。外国との比較もされた上、日本の例として挙げたのは、或る年輩詩人のもので「彼のは味があると言えば言えるが、グロテスクである」と言われた。既に書いたように、自作詩朗読に関して私は特別の関心を持っていないにもかかわらず、この発言に大いなる義憤を感じた。

　木下順二氏が現代の若い詩人たちの朗読など殆んど聞いていらっしゃらないらしいこと、大正、昭和初期の頃とはまた異なり、自作詩朗読も変質してきているのに、聞かなくても大体わかると多寡をくくっていらっしゃるらしいことなどにも……。それでそのことを帰りがけに山本安英さんに話して帰った。

すると「それでは第二回目は、詩の朗読会をやりましょう」というふうに発展してしまった。戦争でもそうだが、挑発する方は利口で、挑発される方は馬鹿なのである。それに気づかされたのは、朗読会はてて、だいぶ経ってからだが、木下氏のは発展的挑発とも言うべきもので、戦争とは違い、何かを強烈に引き出そうという意図は明白なので、ともかく了解しようと思うのである。

出てもらいたいと思って声をかけた詩人たちは、快諾、また快諾というふうにはいかなかった。パリでの例をとって、「入場料をちゃんと払い、あの人のあの詩を聴きたいと集ってきた人達の前でこそ、詩の朗読は成り立つ」と肯《がえん》じなかった人もいるし、初め承諾して「で何人位の集り？」「大体百人くらい」「え？　そんなに多いの？　じゃやーめた」という人もあった。彼にとって百人とは詩を聴く人数として、あまりに多いという至上命令があったらしい。

結局あっさり承諾してくれた、川崎洋氏、岩田宏氏、白石かずこさん、私の四人が読んだ。予定していた大岡信氏は病気で欠席。藤島宇内氏は遅れていらしたため、時間切れで読んで頂けなかった。

同じ詩を、まず作者が読み、すぐそのあとで俳優が読むという交互の形で進行した。こういう形での朗読会は、おそらく日本でははじめてのものだったかもしれない。

川崎洋氏は「今日、僕の詩を聴きたいと思って、ここへ来られた方は、たぶん居ないでしょうね、そういうところで読むというのは、実はきわめて残酷なことでありまして……」と笑わせたが、期せずしてこの言葉は、当日の詩人、俳優九人の気持を代弁していたと言える。特に俳優の場合、その残酷味は一層強かったかもしれない。なぜなら、他人の詩を読む場合、その詩に惚れ込み、読みたいという欲求がまず第一条件であろうからである。その日読んだ詩は、詩人がみずから選んだものであり、俳優にとっては、詩人、詩ともに選択の余地がきわめて乏しかったわけである。

　さて、一般に、自作詩朗読は書いた本人が読むのだから、軀から滲みでてくるものがあり、このナマの魅力には、如何にうまい俳優でも太刀打ち出来ないという観念がある。私も漠然と今までそのように思っていた。しかしこれは、ことほど左様に簡単なことではないのを、その日いろいろに思い知らされた。

自作詩朗読――語られる言葉としての詩は、まず活字を大きく越えられるのでなければ意味がない。自分の書いたものであっても、詩句は活字から身を起し、自分の肉声となって伸び、ひろがり、眼からではなく、耳から人々のイメージを喚起できる能力を獲得できなければ駄目である。

　かつて与謝野晶子の「君死にたまふことなかれ」の自作詩朗読を聴いたことのある人がいて、その言によると与謝野晶子は頭のてっぺんから出るような上ずった声で読み、背中がむずむずしてくるようなものだったそうである。かの迫力ある名作「君死にたまふことなかれ」も、遂に本人によってさえ、活字を越えることのできなかった一例だろう。

当日の私の印象では、活字を越えることの出来た人は、白石かずこさんではなかったかと思う。実にさりげなく読んだのだが、活字からことばが放たれてゆくのを感じ、眼で読む場合より、はるかにおもしろかったし、理解度も大きかった。彼女の場合、常に語られることばとしての詩が先行し、文字はかろうじて追いかけ記録してゆくという型であるため、朗読となると所を得て、いきいきとしたのだろうか？　朗読の経験（英訳した詩朗読も含めて）が豊富なためだろうか？　なぜ活字をらくらくと越えたか——私はうまく分析できないし、うまく説明もできないのである。

川崎洋氏は、長唄のテープを廻して、それをバック・ミュージックに「結婚行進曲」を読んだ。詩の朗読会につきものの厳粛性、悲愴性をぶち破らんとしたのは明らかで、スマートな詩と長唄の対比がおかしく、くつろいで楽しい雰囲気を作ったのだったが、あとになって考えてみると、やはり書かれた「結婚行進曲」の秀逸な諧謔性を、肉声が越えられなかったという感想を持つ。無限にふくらむべき、無限に飛ばせられるべき、手品の鳩のような彼のことばの活力を、原作者が読んでさえ、思いっきり開放してやることができなかったような気がしてならない。

岩田宏氏は「若いエンマ（閻魔）の独白」を、これ以上的確には読めまいと思うほど、適切に読んだ。つまり絶望的な主題をまことに絶望的に読んだ。ほとんどすべてを投げているように……。声のよさに惹かれたが、しかし活字以上でも以下でもないように思われ、それは彼がよりによってデスペレートなこの詩を選んだことによっていると私には感じられた。

岩田宏氏の朗読に、もっとも様式と、リズムとおもしろさを感受したという感想が、あとで谷川俊太郎氏、武智鉄二氏、観世栄夫氏、ガングロフ氏などによって出された。私の朗読は拙劣で論外だが、ともかく家でテープレコーダーを廻して、三回ほど練習して行った。大勢の人の前で読むのは、今迄に二回の経験だが、なんとも空しい後味だったので、今度は暗記していって聴き手と直接、視線を交しながら読めたら……と思ったのである。詩をプリントしたものが、あらかじめ配られていて、人々は皆その印刷物に眼を走らせていて、誰も顔を挙げなかった。

詩のプリントは、あとでこの朗読会を考えてみる時の、ヒントに配られた筈だが、皆が皆、最初から一様にプリントの活字に頼ったということは、私たちが如何に、純粋に語られる言葉としての詩を、たのしむ習慣がないかということを、期せずして象徴的に現わしてしまっているように思われた。

あとで知りあいの詩人たちに、詩朗読を聴いてみたいという、積極的欲求があるかどうかを尋ねてみた。殆んどの人が、詩は活字で読みたいと答え、Mさんは、朗読するのなら読む詩とはまったく次元を異にし、「朗読のための詩」が書かれるべきだという、示唆的な意見を出された。

一つの詩が、読むに耐え、聴くに耐えるのが理想だと思うが、いっぺんにそこへ行けないとするなら、「朗読のための詩」も、もっと開拓されてしかるべきかもしれない。ただそれは、あくまでも、一つの手順にしかすぎず、「読む詩」と「聴く詩」とが、まったく異る分野とは、私は考えたくないのである。

当日、朗読を受けもって下さった俳優は、小沢重雄氏、砂田明氏、小山源喜氏、岡村春彦氏、坂本和子さん。

大体どの人も素で読んだが、砂田明氏は、川崎洋作「こもりうた」を、原作のままで一回、この詩が好きなので郷里の言葉に直したらどうなるかと、京都弁にみずからアレンジしたものを再度読んだ。

小山源喜氏は岩田宏作「若いエンマの独白」を、みずからの解釈で、いわば歌舞伎調のメリハリで朗読した。こうした試みは、あとの懇談で賛否両論をまきおこしたのだが、しかし否とする人の方が多かったようである。

詩朗読にまつわりがちな、変なふしまわしを避けようとするあまり、現在の俳優は素で読むことに全力を傾け、そのためにあまりにも無色透明になりすぎているきらいもある。詩句を音符のように扱い、自己の解釈と表現で演って、一向にさしつかえないものだと思う。砂田明氏と小山源喜氏の場合、成功したとは言い難いが〝ことばの勉強会〟にふさわしい試みを大胆に出してくれたと言えるだろう。

詩人が集っての話題によく出るものの一つとして「新劇俳優による詩の朗読は実に厭だ」というのがある。なぜ厭か、その原因を明晰に説き明かしてくれた人は一人も居ないのだが、ただ「あの新劇臭がたまらない」とか「独特の節まわしにぞっとする」「単調きわまりない」という、生理的悪寒にとどまって、なんともはや科学的ではないのである。つきつめて考えられてもいないし、俳優たちとざっくばらんに語りあう場もないし、どうしたら、どうなるかに、なかなか発展してゆかないのだ。

一方俳優が詩人の自作詩朗読を聴いた場合「なんだ君たちだってその程度か、がっかりだよ」と言うことになるだろう。木下順二氏の「今日聴いた詩人たちの朗読は、全部が全部アクセントと鼻濁音がなっていなかった。僕はそれらを全部チェックしておいた」という発言は、俳優の側に立っての批判とも言えただろう。

なぜなら俳優修業の第一歩は、訛、アクセント、鼻濁音などの矯正であるらしく、それをマスターできない者は「日本語もろくに喋れない役者」とこきおろされるらしいのである。従って俳優の朗読は、そういうところに力点がかかりすぎているようなのである。

もちろん、それらをマスターした上で、奔放自在になれたら言うことはないわけだが、なかなかそうはいかず、何時迄もアクセント、鼻濁音の段階にとどまりすぎると思う。

かつて、私の書いたラジオドラマの本読みに立ちあった時、新劇女優の一人が、アクセント辞典（NHK発行らしい）を持ってきていて、台詞の一つ一つを、アクセント辞典に照らしあわせて点検していた。その真面目さに敬意を払うにやぶさかではなかったが、幾分滑稽な感じがしないでもなかった。アクセントなんかどうだっていい、台詞をパン種に、あなたの中でいきいきとふくらませ、デフォルメする、そのことの方にエネルギーを使ってよと私は言いたかった。

第一回の勉強会でも出されたことだが、鼻濁音一つをとっても、それを美しいと感じる地方と、美しくないと感じる地方があるということであり、鼻に抜ける発音が美しさの金科玉条ではないことを示し、私自身、声学家などが非常に意識的に「ガ行」の発音をして、これぞ日本語の手本という顔をされると、それこそ鼻白むおもいがする。

アクセントなども、法律のようにきっちり決めてしまう必要があるものかどうか……。日本語のアクセント辞典を作っても、依然、マージャンという人もいれば、マージャンと言う人もあるだろう（海を膿と言ってしまうのは困るけれど）。

訛、鼻濁音、アクセント、ともに完璧でソツのない筈のアナウンサーのことばが、必ずしも美しいと感じられないことは、多くの人の指摘するところである。新劇人の表現方法にも、これに似たところがありはしないだろうか、といつも思う。

木下順二氏から発せられた指摘は、だから詩人たちの胸に素直に入ってはこず、むしろ大きな違和感をかきたてられた。木下順二氏の戯曲――とりわけ民話劇は、ことばの魔力、ことばのずべ公ぶりのたのしさを、よく知る人のものだと思うのに、こと日本語についての、評論なり、発言となると、ひどく窮屈なものとなるのは怪訝である。

詩を聴く態度――態度なんて、おのがじし、どうでもいいようなものの、もし私が他の人の自作詩朗読を聴く席にいるとしたら、心と耳をポカンとさせて、ことばたちの入ってくるに任せるだろう。訛も結構、アクセントの妙なのも、鼻濁音のふらふらも、そのまま受け入れるに違いない。要は、肉声による詩が、私の心にどれ位の風穴をあけ、どれくらいの薫風を吹き抜けさせてくれるか――そこに唯一の関心が集るだろう。

こう書いてきて悟らされることは、畢竟、自作詩朗読とは座興にしかすぎず、一期一会的な燃焼にしかその面白味はないのかもしれないということである。俳優の場合は、こう言ってすましているわけにはいかないだろうけれども。

正しい日本語、美しい日本語と一口に言ってしまうが、その基準はいったい、何なのだろう？　日本語が乱れたと言われるが、かつての日本で、正しい美しい日本語があったためしがあるだろうか？

万葉時代のそれ？　平安時代の貴族のことば？　戦国時代の武将のことば？　徳川末

期の庶民のことば？　当時の人達は大和ことばは乱れに乱れ……と感じていたに違いない。すべては順おくりであり、日本語は最初から乱れに乱れている。日本語ばかりではない、外の国のことばだって大同小異であり、それだからこそ、おもしろいのである。

きちんと決って身じろぎもしない、端正なことばを望むなら、ラテン語のような死語を借りるほかはない。

生きものであり、化けものであり、生々流転の魔物であるところのことばを、跋扈跳梁《ばっこちょうりょう》させないで、なるべく死語として密封して読もうとするところに、詩人たちの俳優による朗読への、一番の不信があるのかもしれない。

漠然と、詩人は母国語を最も美しく、正しく使える人、その最先端を行く人という観念があるけれど、今日の事情は必ずしもそうではない。むしろ日本語をどこまで開放させてやれるか、どこまで細胞分裂させられるか、その乱れ、破壊の方に荷担しているように見える。

もう一度、テーマの方へ戻ろう。武智鉄二氏は「詩人の朗読は、なんと迫力のないものかと思った。俳優の朗読を聴いて感じたのは、日常感情との近似値を求めすぎているということだ」と発言された。詩人の朗読の迫力のなさ、つまらなさは、また誰かに大いにあげつらってもらうこととして、俳優の詩朗読の「日常性」ということは、日頃私も痛切に感じていることなので、ここで少し触れておきたい。武智鉄二氏の発言の意図とは、或いはずれてくるかもしれないけれども。

詩に限らず、戯曲の台詞を言う場合でも、なにゆえ新劇俳優は、弾力、飛躍、奔放さに、かくまで乏しいのであろう？　われにもあらず、日常性へ、日常性へと落ち込んでしまうのは何故か？　戦後すぐ新劇を見始めてより、今日に至るまで私の中で根強く続く疑問なのである。わずかに解ることは、日本の新劇の俳優修業が、リアリズムに出でて、リアリズムに終っているからではあるまいか――ということである。

リアリズムは、すべての芸術の基礎であり、礎石だろうが、最終目的までがそれでいいわけではないだろう。書道で、楷書をびっしり習わせられるのも、行書や草書、さらにはそのはての自在さに到りうるための第一段階なのだろう。俳優のリアリズム修業もまた、そうしたものだろうと思うが、新劇史、半世紀近くを経て、未だに演技術、朗読術が、リアリズムでがんじがらめのように見えるのは、残念なことである。

ラジオドラマの台詞を、燦《きら》めくことばで書いたつもりなのに、俳優の声を通すと、さっぱり燦めかず、リアリズムの次元にひきずり込まれてゆく経験は、今迄に多かった。もっと良い例で言うと、木下順二氏の『おんにょろ盛衰記』の台詞と、実際に上演された芝居との対比（台詞の生かされなさ）を思い浮べて頂いてもいい。

詩もまた、日常語を使って書かれてはいても、日常感情からは何オクターブも調子の高いものであることは明らかなのだが、その心情のボルテージに見合った表現を、俳優がみつけてくれないくちおしさは、自分の詩を読まれたことのある詩人は、或いは皆一様に持っていることかもしれない。

さらにくちおしさは、みずからがその詩の読みかたに、具体的なヒントや、アドバイスを、指し示すことができないということによって、倍加されるようである。

田中千禾夫氏の戯曲で、作者が演出も兼ねた場合、台詞が見事にふくらんでいる時がある。思うに、田中千禾夫氏の長年にわたる「話しことば」への研究と蓄積が、すぐれた指示となって、俳優の中へ滲透できたためではないか……と想像されることがある。

尾崎宏次氏が「日本の俳優の詩朗読は、小、中、高なしで、いきなり大学の勉強をやりはじめたようなものだから、悪口が言いやすい。日本の俳優に、もっともっと詩を読むことを勧めたい。そして俳優自身が詩を選ぶことが必要である。自分の声の質も問題にして。ドイツで詩のレコードを買う場合、〈誰の？〉と聞かれるが、それは詩人名を聞いているのではなく、朗読した俳優名を訊ねているのである」と言われたが、これは日本の俳優修業課程に、秩序だった「詩の朗読」の項が、無いに等しいことを教えてくれる。

そして「俳優自身が読む詩を選ぶべきだ」というのは、重要な指摘であると思う。与えられた詩を、自分の方法で、なんとかこなして読むのと（現在は殆んどこの方式である）、これを読んでみたいと惚れこんだ詩とでは、格段の相違が出てくる筈であろうから。

俳優が日本の詩によせる関心度は、どの程度かは計るべくもないが、びっくりするくらい冷淡であるような気もしている。ただ若い俳優のグループなどで、流行に支配されず自分たちなりの選択と好みを持ち、同時代の無名詩人のなかからも、共鳴できるものを選び出そうとする見識と姿勢を感じさせられて、おやッ？　と思うこともある。良い萌芽がないわけでもない。

詩を朗読するには「術」以前に、詩を選択することが大事な課題になってくるだろう。

悪口の言いついでに、気づいていることをもう二、三、書かせてもらう。俳優の詩に対する感受性の質として、忘れられない話なので……。

十年も前になるだろうか、俳優のK嬢が詩朗読をして、その詩に感動し、感きわまって途中で泣き出し、聴衆に背を向けて、しばし泣きやまなかったという、報道だった。たしか新聞に出た話だったと思うが、それは批判的に出たのではなく、むしろ美談として報道されていたので、私は二重に唖然となった。

いくら惚れこんだとしても、泣いてしまっては元も子もない。また、もし詩に感動があるとするなら、「泣き」からは最も遠い地点に立つものであることを、理解しないのなら、何をか言わんやと思ったのである。

日本では最高の讃辞が「泣いてしまった」であるらしく、源氏物語の頃より、延々と見えがくれしてきた私たちの感受性の質なのだが、昨今のいたってドライにみえる俳優の中にさえ、この「泣き」の要素が絶無ではないのである。どうかすると、ずんべらとそれが出てしまう。

佐藤春夫の「秋刀魚《さんま》の歌」と峠三吉の『原爆詩集』とは、同手法で読まれては、ぜったいに困るのである。

もう一つ、或る俳優は、「詩朗読をする時、唯一の手がかりとなるのは、その詩人の思想である。昨今の詩人には、その手がかりとなる思想がどうも……」と語った。あとの言葉はにごされたが、思想がないから読みにくいと言うことであるらしかった。これもまた嚥下《えんか》できない丸薬のように、私の咽喉もとにひっかかったままである。理解への唯一の手がかりは〈思想〉なのだろうか？　すくなくとも、こういうふうには言えるだろう、「これが、この詩人の思想であると、つかみ出せるようなものが、あらわに見えたら、それはあんまり上等の詩ではない」と。

今から、やはり十年近く前、滝沢修氏に会った時、詩の朗読法のわからなさ曖昧さについて触れられたことがあった。数年前の俳優祭で、拙作「わたしが一番きれいだったとき」を滝沢修氏が読んで下さったこともあったが、私は聴くチャンスを失ったことを、今でも残念なことに思っている。

山本安英さんも、私のものを何度か読んで下さったが、心の奥底にしみとおってくるような、朗読の伝達術の確かさに、不満を覚えたことは一度もない。『夕鶴』があんなに多くの人に愛されたのも、一つには、日常性とは切れたあの朗誦術のたぐいまれな美しさに拠っていたのではなかろうか。それは練りに練りあげられていったものであることを改めて思うのである。

その山本安英さんが、最近、詩を読むことがまったく恐くなり、詩の朗読はすべて、ストップしたということを聞いた。現代の日本で、朗読のベテランと言われる、滝沢修氏や山本安英さんから、詩朗読の曖昧さ、わからなさを聞かされたことは、非常に深い印象となって残っている。

わからないとは言っても、普通言う意味の「わからなさ」とは、質、量、ともに異なるお二人のわからなさであろうことは、よくわかるのである。それぞれの方法論をお持ちだろうが、それをもっと普遍的な様式として、創り出せてゆけない苦慮ではないか……と推察される。

歌舞伎や、能の朗誦術が、日常的な会話とは、ふっきれたところで、様式として練られ完成されていったように、詩朗読もまた、そうした様式を持ちうるものだろうか？　持ちうるとすれば、詩人によってか、俳優によってか？　私は後者によってであろうと言うしかない。

草月会館ホールで、やはり詩朗読の会があった時、飯島耕一氏は、その朗読を、前衛舞踊家の土方巽氏に依頼した。はじめ新劇俳優の誰かれを思い浮べていたのだが、突如として面識のあった土方巽氏を思い出し、彼を希望し、練習なしで、ぶっつけ本番で読んでもらったという。土方巽氏は秋田県出身で、東北訛がきつく、かつ、モーツァルトと言うべきところをモルモットと読んでしまったりして、はからずも爆笑に爆笑を呼び、ともかくすばらしかったそうで、原作者はすっかり興奮して、詩朗読というものに初めて期待を持つことができたと語った。

私は半信半疑であったが、今年、八月十一日、文化放送から、やはり飯島耕一作「過ぎし戦いの日々を想う八月の詩」という長篇詩を三十分間、土方巽氏が朗読したのを聴いて、なるほどおもしろいと思った。朗読に関して、ずぶの素人なわけだが、舞踊という軀を使っての表現と、どこかで深いつながりを持つものなのか、ひらめきと飛躍に富み、ともかく無手勝流のいきいきとした表現だった。

飯島耕一氏に限らず、詩朗読に習練をむしろ要らざるものとし、様式をまったく期待せず、個性と個性のぶつかりあいの方に重点を置き、いわば素材主義みたいなものを希望する詩人は、実際に多いのである。

しかし、こういう疑問も浮んでくる——水気したたる水蜜桃のような瀟洒な飯島耕一氏の詩を、いつもいつも、きつい東北訛で読まれて、はたして本人も聴き手も満足できるだろうかと。

いずれにしても、詩朗読に関しては、およそわからないことだらけである。〝ことばの勉強会〟に於ける朗読会でも、詩人たちは、したたかな違和感を持たされたし、俳優諸氏もそうだったろうし、聴き手もまた、しかりであっただろう。お互いの欲求不満が、僅かにでも確認されたのが、収穫と言えば言えるだろう。もっと鋭く、研ぎすまされた形で拡大できると尚よかったのだが、司会の内田義彦氏と共に、私も努力したつもりだけれども、どこから手をつけてよいのかもわからない問題の山積であるし、何回となく重ねたとて、早急にいとぐちのつくことでもないのだし、是非もない次第であった。

＊　ラジオドラマ・童話　など

ラジオドラマ
埴輪

登場人物

青年
八雲
薊《あざみ》
語《かた》り部《べ》の媼《おうな》
足名椎《あしなづち》
小鹿火《おかび》
甕襲《みかそ》
稲羽《いなば》
諸垂《もろたり》
野見宿禰《のみのすくね》

監奴《かんぬ》1（看視人）
監奴2（看視人）
土師部《はじべ》たち
少年
博物館の人
他

青年　馬、鶏、猿、女、防人《さきもり》
やさしい顔した埴輪たち
博物館——ここ
古代の一室に押しこめられて
笑っている埴輪たち
三日月のような口もと
何か言いたげなしぐさ
すっとぼけた顔つき
大きな眼、くろぐろと抉《えぐ》られた眼
ひきこまれそうな闇、深い深い闇
夕陽をあびて暖かな杏いろに染った埴輪
そんな君たちに会うと
じっさい僕の心はときめく
話してくれないか君たち
すべての物という物は
愛してくれる人にだけ本当の姿を現わす
という
僕は知りたいんだ埴輪のひみつ　埴輪の
生れ
埴輪を作ったひとびとのこと　すべて
答えてくれないか、埴輪たち
僕の問いに
さあ、その重い口をひらいて
長い沈黙を破って
どもりながらでもいい（埴輪たち……と
言いかける）

語り部の媼　お若いおひと。（すっと側に立った感じ）

青年　えっ？

語り部の媼　ふっふっふ、おいで、こちらへ。

青年　どこへ？（顔をあげ）おお、あれは！

倭の水汲みの唄（美しい女声コーラス）

アジマサの樹のほとり
水汲みに行こうよ
水甕おろし噂をしよう
　たのしい噂　かなしい噂

アジマサの樹のほとり
水汲みに行こうよ
倭の噂　ひろがるところ
　溢れる泉　つめたい泉

（突然はじけるような若い娘達の笑い声）
また繰り返し唄

青年　おおなんて若々しい声なんだ。
語り部の媼　らちもないことを笑っているのさ、いつでも娘たちというものは。
青年　あなたは？　あなたは誰なんです？
語り部の媼　わたしは倭の語り部の媼。
青年　倭？　じゃあここは……
語り部の媼　ごらん、ゆたかな倭平野、みはるかす波うつ稲田、色づいた稲田がどこまでもどこまでも続き、風が吹けば大蛇《おろち》のようにのたうちおって、この年の酒のうまさもしのばれようというもの、おいでお若いおひと。
青年　あなたは倭の語り部の媼、語り部というのはうずくまって、誦《そら》んじていた物語をぶつぶつと語ってきかせる退屈なやつと思っていたが……
語り部の媼　ふっふっふ……
青年　語り部の媼、（指さす）あれは何です？
語り部の媼　おお、白木造りのすがすがし

い玉垣の宮。あの中には倭を治める一番貴いお方が殆んど姿はみせないまま暮しておられる。この辺《あたり》一帯は纏向《まきむく》と呼ばれていてな、山々のたたずまいおだやかな、空の色も美しい、森も川も家群もなごんで美しい纏向の地よ。

青年　あれはなんだろう？　いくすじもいくすじも白い煙をあげている南の方角。

語り部の媼　とうとうみつけたな、お若いおひと、あれは奴隷たちの部落、出雲から連れてこられた奴隷百人が住み、女も二十人ばかりまじっている。かれらは土《は》師部《じべ》と呼ばれていて、埴土《はにつち》で円筒を作っては焼き、円筒を作っては焼いているのさ。

青年　円筒？

語り部の媼　あ、円筒というのは墓の崩れを防ぐ土管だよ。ほうら登り窯から煙が出ている。
おいで、樫の木のようにお若いおひと、みるがいい甕襲《みかそ》、小鹿火《おかび》、稲羽《いなば》なんてのがみんなせっせと働いている。年をとった足名椎《あしなづち》も、うすのろの諸垂《もろたり》も。

青年　（驚愕して）アッ!!　あれはおれだ！　い、オレじゃないか、あんなところでおれが土管を作っている。

語り部の媼　（事もなげに）ああ、あれは八雲、八雲と呼ばれる若者さ、おまえの大昔の姿だよ。

青年　八雲……八雲という名か、おれは。

倭の石運びの唄（男声合唱）

大坂につぎのぼれる
石群《いしむら》を
手越《たご》しに越さば

　　越しがてむかも

土師部たち　（喋り乍ら働いている）

足名椎　（呼びかけるように）八雲！　竈《かまど》の火の色はどうだ。

八雲　おう、足名椎、火は白く燃えさかっている。

足名椎　よかろう、もうひとくべしておいてくれ。

八雲　よし！

足名椎　あっちはまたあんな倭の唄、うたってやがる。

小鹿火　歌わせられてるんだろう、倭の役人に。

甕襲　（笑い）小鹿火、この甕襲ならずばりこういくわ。

　（調子をつけて）

　埴土捏《こ》ねて　まあるくまるく

　朝から晩まで　円筒つくるよ　せっせっせと

小鹿火　まったくだ。

　やっと男になったと思や

　墓の円筒つくるとさ　墓の円筒つくれとよ

　　せっせっせだ

稲羽　倭の墓つくりときちゃ、ありゃまったく気違い沙汰だあね、なんにもない平らな土地に山を一つこさえようってんだ、生きてるうちからこさえようってんだ。山の石を運び出し、河原の石を運び出し、みんな蟻のように並んでせっせ　せっせだ。

足名椎　シィーッ！　稲羽、声が高い。見廻りの者だ。

　（土師部たち、静まる）

監奴1　ええい。しゃべりちらさず黙ってやれ、黙って！

監奴2　畝火のふもと、玉手の丘、菅原の御立野《みたちぬ》、つぎつぎ墓が築かれてゆくのに、円筒だけがいつも一足おくれるんだ。

監奴1　さっさとやれ、この窯《かま》が一番おそいぞ。この度身狭《むさ》に築かれる墓はすめらみことの弟君、倭彦を葬るためのもの、つつしんでやれ、気をゆるめるな。

監奴2　五日後には、この窯場から五千個の円筒を差出さねばならないのだ。円筒は墓の土崩れを防ぐ一番大切なもの、手をゆるめるな！

石運びの唄、突然止まる

騒ぎの声　悲鳴

やられた　やられた

監奴2　ええい、また吠え出したか。（行きかける）

監奴1　（遠ざかりながら）仕様のないやつらめ！

（土師部たち、ほっとして又仕事にかかる）

小鹿火　こうして毎日を耐えている。こうして毎日をやりすごしている。目から鱗の落ちるような面白いことはなんにもなしによ。

八雲　小鹿火、おれは夢にもみるなあ、出雲の里で壺や甕を作っていた時のことを、厚みもよく火廻りもよく、とろりと出来上った壺はおれの心が吹きこまれ、持主の魂が通い、朝に夕に大切に抱えられたものだ。

あの満ちたりた喜びは一体どこへ行っちまったんだろう？

稲羽　出雲だっておんなじことさ八雲、おれたちのこんなむさい暮しぶりは一寸も変りはなかったさ。下積みは下積み、どこへ行こうと土捏ねと水運び。ただ見なれた山、見なれた川が恋しいだけさ、なあ諸垂よ。

諸垂　（甲高い声でどもる）そ、そ、そういうことになるかなァ………まあ。

八雲　いいや違う、犬がいないだけでも、見張りのいやらしい目つきがなかっただけでもはるかによかった、出雲は

………

甕襲　まったくよ、なにが土師部の民だ、奴隷にも劣る扱い。きびしい監視。見張りの犬。

石運びの唄始まる

小鹿火　やっと男になったと思や、墓の円筒作るとさ……か。ええい！　我慢がならないのは俺たちの作っているものが生きて動いてひとびとの手で使われないということなんだ！　用いられないということなんだ！　埋められてしまうということなんだ。

足名椎　やすらかに死者を眠らせるための砦とも言えるさ、おれたちの作っている円筒は。

甕襲　ふン、おれたちの一人が死ねば、胸にしっかりと大きな石を抱かされて暗い暗い穴に蹴落されるだけなのに。足名椎、おまえも年をとったな。

足名椎　甕襲！

小鹿火　おれは言いたいね、倭はなぜ山なす墓を作るんだ。息をきらし、追われるように大きな墓ばかりを作り急ぐんだ。

后が死んだといっては、弟が死んだといっては、腹ちがいの姉が死んだといっては。墓だけならばまだいいよ、ひとりの貴族が死ねば五十人、百人のおともが生き埋めだ。むごいよ。とってもむごいことだよ……

諸垂　み、み、みんな聴いたかい？　おととし倭《やまと》迹迹《と》日《ひ》もそもそ姫が死んだときのことだってよ。

語り部の媼　（ひきとって）もそもそ姫ではない。おととし倭《やまと》迹迹《と》日《ひ》百襲《ももそ》姫がみまかった折のことよ。

土師部たち　いよう！　媼！　おばば！

（など）

稲羽　その時はどんなだったい？　語り部のおばば。

語り部の媼　側近く仕えていた男や女がわれさきに殉死を名のり出て。

小鹿火　へえ、みずからねえ。

語り部の媼　それから多くの奴婢《やつこはしため》も生きながら埋めたてられたのさ。その数は百人あまり、大きな大きな箸の御墓の裾をめぐってからだは山芋のように土の中深く、顔だけがまだこの世の光を仰いでつらなっていた。

暑いさかりのことよ。炎天の下で干しかためられていた者たちは、爽やかな夕立が通りすぎた時、突然狂ったように叫びはじめたのだ。

稲羽　ほう、どんなことをよ？

語り部の媼　耳を掩《おお》うようなおそろしい言葉さ。倭を呪う言葉、生きたさに喘《あえ》ぐ獣のような呻《うめ》き。

その呻き声は、いんいんと谺《こだま》して風に乗り、風のまにまに玉垣の宮にまで伝ってきた。蒼白い顔、土気いろの顔が水も飲まず飯《いい》もはまず、昼も夜も泣き叫び、その声も枯《か》れ枯《が》れになる頃、犬がどこからともなく集ってくる。牙を鳴らす、鳥どももゆるくゆるく墓の上を舞いはじめる。まだ半分生きているのにもうもくもくと蛆をこぼれさせている頭、頭の鉢…………骨がちらばり、いやな風が吹き、しばらくは誰もが足をふみいれない……樹々が新しい墓を覆いつくすまではな。

八雲　生き埋めにされたやつらの獣のように地を這う呻きは倭の力のしるしなのだ。やつらの泣き叫び狂いたつ声は大きければ大きいほどいいのだ。

足名椎　倭彦が死んだ。この円筒が出来上る頃はまたいやな風が吹き、新しい話で賑うな。

語り部の媼　どれどれ、舂米部《つきしねべ》の女たちが米を搗いているところへ行ってみようか。

諸垂　お、媼、おまえだけだな、倭の者で、こ、こんなところへ出たり入ったりするのは。

語り部の媼　ふっふっふ、貴族の酒の席に侍って語るよりおまえたち相手に語る方がたのしいよ、これも仕事のうちさ。おお、あちらから駆けてくるのは薊。その歯は椎の実のように白い。いつみても菱の実のように白い美しい娘だ……

（可愛い鈴の音と共に）

薊　（明るく）いま窯出しを終ったところ、あっち。駆けてきちゃった。

稲羽　なんだ、薊、早く行け、みつかると打たれるぞ。

小鹿火　こっちへくるなと云ってあるのに、

仕様のない娘《こ》だ。

足名椎　薊。いまとてもいやな話をしていたところなんだ。お前の晴々した顔を見せておくれ。え、旅の途中はひわひわした子供だったが、この頃はまぶしくなりやがったな。（笑う）

薊　みんな一息いれているうちに駆けてきたの。この鈴どう？

（鳴らす）

小鹿火　倭の女みたいじゃないか、足に結えたりして。

薊　ひろったの、一ツ。ねえ、今日また難波の港に韓《から》の船が着くんだって。剣《つるぎ》や鉄の鍬《くわ》なんか一杯積んで。羽太《はふと》の玉や足高の玉、日の鏡、それからなんでもやってのける賢い奴隷たちを一杯積んで。みんな噂してる。

土師部たち　（口々に）ほう。

語り部の媼　そんなことを噂してるのかい。どこから流れるのか、まあ早いもんだ。どれどれ、行ってみようか。（去る）

薊　それからね、八雲。その船にはね、色のついた焼物も積んであるんだって！

八雲　（強く）色のついた焼きものだって？　薊！

薊　うん。

甕襲　ほうれ始った、八雲の癖が。お前は焼きもののこととなると眼の色が変るぜ。

八雲　いや甕襲。おれは見たことがあるんだ。ずっと昔、おれがまだ子供だった頃、出雲の北の浜で、息の根のとまるほど美しい壺を見たことがある。渚に打ち上げられた漂流民が胸にしっかり抱いていた壺、あれは夢

甕襲　はっは、いいぞ、いいぞ。円筒の上に髷を結った女がでんと坐って笑っているわ。
諸垂　う、うめえな、八雲は。
小鹿火　いい瞳だ、まっくろで。
足名椎　乾かして、このまま焼いてみるか。しかしうまく火が廻るかな。
八雲　目と口が風穴になるよ、足名椎。
足名椎　なあるほど。
小鹿火　いやアこの女の土偶《でく》はどこやら薊に似ている。大口あけて笑ったときのお前だ！
薊　いやな小鹿火、髪の形が違うのに、はっはっは……
小鹿火　ほれ、ほれ、その大きく笑った口だ。似てる。そっくりだ。
八雲、おまえはいつも伏目で土を捏ねているくせに、いったい何時から薊に目をだったのだろうか？　壺には色がついていた、色が！　嘘だと思ってるのか、玉よりも見事だった。どうしたら出せるだろう？　あんな美しい色が、やきものの壺に……あの色、なめらかさ、かたち、あれは素焼きじゃない。もっと硬く、もっとつめたく冴えていた。おれたちの知らないすばらしい方法がどこかで行なわれているらしい。海をへだてた見知らぬ国、見知らぬ窯《かま》……楽浪《らくろう》だろうか、もっともっと遠くなんだろうか。
薊　あら。八雲、いま捏ねているの、なに？　ひとのかたち？
八雲　（ふっと暖かく）なににみえる？
薊　ひとのかたち。女だわ。小鹿火、諸垂、みてごらん、まあかわいらしい。
小鹿火　どれどれ、や、この穴が目と口ってわけか。うむ、こりゃいいや。

つけた。やい！
稲羽　やい、やい、やい、八雲。蓟に最初に目をつけたのはこの稲羽だぞ。
八雲　…………………
稲羽　蓟に最初に目をつけて、その歯は椎の実のように白い、菱の実のように白いと歌ったのはこの俺だぞ。最初に唾をつけておいたんだ！　誰も手を出すことはならン！
諸垂　お、おれもつけておいたぞ、稲羽！
土師部たち　諸垂めが！　諸垂めが。
（どっと湧く土師部たちの哄笑）
監奴1　やい、奴《やつこ》ら、なにをほざいている！　目を離すとすぐこれだ。
監奴2　なんだ、そのおかしなものは！　八雲だな、勝手なまねをしたのは！　誰がこんなものを作れと言った。誰が赤土《あかつち》で娘っ子のからだを作れと言った！
八雲　つい……つい……出来てしまったんだ、土を捏ねているうちに。
監奴2　馬鹿ったれ、こんなひまつぶしをされてたまるか！　お前たちには鞭の唸りが要るらしいや。その裏と表のある心を鞣《なめ》してほしいとおっしゃるんだ!!
鞭打つ
烈しく鞭打つ音、一つ、二つ
蓟　ゆるして！　ゆるして！　ゆるして！　八雲を打たないで！
監奴2　退け！　またこの窯場をうろついているか！　めす犬め！

薊　ゆるして！　ゆるして！　（鞭打つ）八雲のいたずらをゆるして！　（鞭打つ）

野見宿禰　待て、やたらに鞭打つな。

監奴2　あ、野見宿禰様。

野見宿禰　（寄って）ほほう、いいかたちではないか。

監奴1　野見宿禰、いいかたちもなにも、数さえこなせばいいものをこういう遊びごとをして、みせしめに打ちすえてやっているところで。

監奴2　野見宿禰、おれたちは休むひまなく見廻っております。この窯場から一番さきに五千個の円筒を揃えて出したいもので。

へっへっへっ、一番さきに出した窯場の役人には大神酒《おおみき》と干した木の実一籠を賜りますそうで。

監奴1　それが度々続くと、おれたちも久米部の方へ取りたてられるということで。

いやア、ほとほといやになりますよ、薄汚ねえ野郎ども相手に声をからしているのは。

（後方で、騒動らしいどよめきが起る）

怪我だ!!　怪我だ！

石切場で下敷になった!!

野見宿禰　騒々しい、なにごとだ。

監奴1　またか。

監奴2　ええい、吠えるな！　静まれェー。

（走り去る）

野見宿禰　（思わず）ふっふっふ、いいかたちだ。すがすがしい女の土偶《でく》だ。ポコリ、ポコリと三つほどの穴、これが目と口ってわけか。目の奥は暗い穴、口の奥も暗い穴、深い深い闇だ……八雲とか言ったな。

八雲　寝ても醒めても土管ばかりじゃたまに変ったものもひねりたくなる。おれたち出雲じゃ、いろんなものを作っていたんだ。

酒の壺、皿、碗、こしき、ええい畜生！

（土偶をこわそうとする）

野見宿禰　待て。それを壊すな！　お前が捏ねた女の首、悪くないようだ。罅《ひび》割れず窯から取り出せるかどうか、やってみるがいい。

八雲　打ちのめされるのは、もう沢山だ！

野見宿禰　おれからも言っておこう。もしかしたら、これですめらみことの憂いが消されるかもしれない。

八雲　すめらみことの憂い？

土師部たち　（口々に）

すめらみことの憂い？

すめらみことの憂い？

野見宿禰　（つめたく）おまえたちにはかかわりのないこと。さあ仕事にかかるがいい。

野見宿禰　おお凄い落葉だ。ふりかかる落葉をわけて目をこらし、やっとそれらしくみえるのが倭彦の御墓《みはか》か。高く澄んだ空、そらみつやまと、迹見《とみ》の池、狭城《さき》の池も成り、多くの池溝《うなで》も通じて、今まで棄てて省みもされなかった土地が次々うるおい、美しい田として波うってくるわ。尨大な茨田《まんだ》の堤も成った。広大な氾濫平原も、もはやわれらの手中にきした。

倭、河内、摂津を押え、倭の田畑はひろがるばかり。倭直属の屯田《みた》、屯倉《みやけ》は東《あずま》の国に紀の国に増えてゆくばかりだ。卑弥呼なきあとの筑紫、筑後は、てんでばらばらにわれらの勢力の前についえ去って行く。
出雲の武《たける》なきあとは、長いあいだの倭、出雲のしつこかった闘いも、ようやく終ったかにみえる。
あいしのぎ、きしり、勢力を争った三十あまりの国々、族長たちも、倭の光の前には未明の星のように一ツ一ツ姿を消してゆく、はっはっは……

(視線を転じて)

おお掛声をかけて、米俵をかついで、奴隷たちが倉のはしごをひきもきらずのぼってゆく。息せききって蓄えろ、蓄えるのだ。穀物を、富を、力を。
一切の奴《やつこ》らを田畑に狩り出すことだ。さて、土師部の民の土偶はうまく役にたってくれるかどうかな。

五、六日の後

監奴2　土師部の者、集れ――　仕事をおいて集れ――

(土師部たち集って来る)

監奴2　うふン！　ただいまから大君の勅《みことのり》をつつしんで伝える。(がらりと調子を変えて)へっへっへ……実はだな、五、六日前八雲の捏ねた女の土偶、あれがすこぶる大君のお気に召すところとなった。

監奴1　以後、ここの者たちは円筒を作るのを中止し、八雲の作った女の土偶をどんどん作れ。なんでもいい、人の形をしたもの、獣の形をしたものをどんどん作るんだ。

監奴2　なんと有難い仰せではないか。すめらみことは長い間、殉死の残酷さに心を痛めておられた。八雲の作った女の土偶があまり見事だったので、うむ、これを墓のまわりに埋めて人の命の代りにしようとの考えがひらめかれた。はっはっは……

気の弱い大君でいらっしゃる。おれがもし大君だったら、奴隷三百人や四百人、いっぺんに薪の上で殺す位の度胸がなくて、倭の大君になれるか！　五万人の兵《つわ》士《もの》が海を渡って、高勾麗《こうくり》と渡りあっているんだ。倭が大八洲《おおやしま》を統一して、一つの国になれるか、なれないかの瀬戸ぎわだぜ、おゥ。

監奴1　(低く)おい、無駄口をきくな！(高く)いいか！　今日より埴土《はにつち》で作った人の形、馬の形を、埴輪と名づける。は、に、わだ。

土師部たち　(口々に)はにわ　はにわだって。はにわ　はにわ……(波紋のように拡がる)

監奴1　すめらみことのみうつくしびの心をしっかり刻みこんで仕事にかかれ！　八雲のいる「ひい」の組と「ふう」「みい」の組は埴輪、「よう」の組、「いつ」の組は今まで通り円筒だ。さあ埴輪だ、埴輪！

土師部たち　(口々に)つくるんだ、つくるんだ、埴輪をつくるんだ。

八雲　おれはいやだ！

足名椎　シィーッ！　きこえるぞ、八雲。

八雲　人を馬鹿にしやがって！　おれが女の土偶を作ったときは、さんざぶちのめし、わめいた奴が、今度はうすら笑いを浮べて、八雲の作った土偶はみごとだった、さあ作れ、作れ、作れか！
足名椎　いいじゃないか、八雲。円筒なんかよりずっとましだ。
甕襲　おれは兵士《つわもの》を作る。挂甲《けいこう》、短甲《たんこう》をつけ、汗にまみれ、野山をつき進んでゆく兵士《つわもの》だ！
稲羽　よし、おれは女《おなご》だ、巫子《みこ》、人妻、母親、娘、なんでもござれだ！
小鹿火　猪でも作るか、でっかい尻した猪でも！　あーァ腹がへった。あぶり肉でも腹いっぱい食えたらなァ……
諸垂　おらァ　おらァ　そんなら何を作るべえ、ふン、なら、ヒャ、百姓でも作るべえ。
甕襲　八雲！　頸のところはどうしたんだ？
八雲　おう、甕襲、それはな、こうだ。
稲羽　八雲！　女の髷はどうするんだ？
八雲　おう、稲羽、それはな、こうしたんだ。
足名椎　諸垂、埴土をどんどん運べ！
諸垂　はいよ、埴土だ、埴土だ。
土師部たち　埴土だ、埴土だ。
合唱　埴土　輪になれ　輪を積み重ね
埴輪をつくる　は　に　わ
ますらをは　美豆良《みずら》を結わせ
おとめごは　きりりと髪をあげるのさ
目と口は　ぽこりぽこりと三つの穴よ

つぶらな瞳《ひとみ》　凜々しい眼《まなこ》
埴土　輪になれ　輪を積み重ね
埴輪をつくる　は　に　わ

小鹿火　（笑い）おもしろい、おもしろい、ふしぎでたまらないぞ。土の中から、おれの手の中から、なんでも飛び出してくる。おい、皆、これはなんだと思う。

土師部たち　（口々に）やあ、水鳥だ、水鳥だ。小鹿火、鳥はおまえが一番だ。

足名椎　（負けぬ気で）おい、みんな、これはなんだ？

土師部たち　（口々に）船だ、船だ。足名椎の船だ、何船だ？

足名椎　出雲、日の御碕を行く楫子《かじこ》十二人の刳舟《くりぶね》よ！

甕襲　やい、おれの兵士《つわもの》をみろ、どうだ、頭椎《かぶつち》の太刀《たち》に手をかけて、今まさに抜かんとする若者だ！

稲羽　ちょっと、ちょっと足名椎、おれの女はどうです？　頭に水甕をのせて泉にゆくきむすめ、子供をおぶった若い母親。歌う女、踊る女、どれもこれも匂いたつようだ。（調子をつけて）ああ……美しい女たち……

甕襲　稲羽のやつめ、自分で作って、自分でよっぱらっていやがる。

小鹿火　なあ、八雲、おまえあっちの「ふう」の組と「みい」の組に行って埴輪のコツを教えてやれよ。

八雲　どうしてさ、小鹿火。

小鹿火　あっちのやつら、ぶきっちょばかりでよ、馬の埴輪つくる時にゃ、馬の側にへばりついていて蹴られちまうし、娘っ子作るときにゃ、胸をふくらませることしか知らねえのさ、オッホ……物のかたちってのは、そんなじゃねえよな。おれたちの頭のなかに沈み、胸ンなかに沈んでる。鳥や、猿や、馬の形をパッと作っちまうんだ。今さら鶏のあと追ったり、くぐいの跡を追っかけたって、いいものが作れるわけじゃなしさ。行ってやれよ、八雲。

土師部たち （口々に）はっはっは……おいあれはなんだ、誰が作ったんだ、や、や、ちんぽこがついている、ちんぽこだ、ちんぽこだ、百姓の埴輪にちんぽこがついてるぞ。だれだ、だれだ、こんなものを作ったやつは。

諸垂 （得意になって）へっへっへ、おれだ、おれだ。

足名椎 諸垂か。なあるほど、諸垂にしちゃ大出来だ。

諸垂 ど、ど、どうだ、勇ましいだろう。

甕襲 はっはっは、勇ましいには勇ましいが、こんなもの、くっつけたって窯の中で罅割れるぞ、ぽっきりと折れるわ。

諸垂 （頑固に）いいや、大丈夫だ。

土師部たち 駄目だ、駄目だ。

諸垂 （頑固に）いいや、大丈夫だ。

土師部たち そんなら焼いてみろ、焼いてみろ。

諸垂 よーし。み、み、みごとに焼き上げるぞ!!

一同哄笑

埴土　輪になれ　輪を積み重ね

埴輪をつくる　は　に　わ

足名椎　八雲、窯の火の色はどうだ。
八雲　おう、足名椎、火は白く燃えさかっている。
足名椎　よかろう、もうひとくべしておいてくれ。
八雲　よし。

埴土　輪になれ　輪を積み重ね
埴輪をつくる、はにわ
ますらをは、美豆良《みずら》を結わせ
おとめごは、きりりと髪をあげるのさ
目と口は　ぽこりぽこりと三つの穴よ
つぶらな瞳、凛々しい眼
埴土　輪になれ、輪を積み重ね

埴輪をつくる　は　に　わ

語り部の媼　おう　おう　はじめて物の出来るときというものはなんともいきいきしたもんだ。

はっはっは、笑い顔が絶えることなく、みんな和やかに、やさしい顔の埴輪を作っている。

いい眺めじゃ。これもすべて、すめらみことのみうつくしびの心から出たもの、すめらみこと——その名は活目《いくめ》入彦《いりひこ》五十《い》狭《さ》茅《ちの》天皇《すめらみこと》。

お情深い、傷つきやすい魂をもった王。荒々しい倭に、はじめて現れた人間らしい、大君。殉死を禁じ、埴輪を以てこれに代らせた物語は長く讃えられることだろう。

小鹿火　おやめなさいよ、語り部のおばば。ここじゃそんな話は通用しないぜ、埴輪はひょんなことで出来ただけさ。倭はそれを利用した。野見宿禰という頭のいい得体のしれない男によってな。

甕襲　小鹿火のいう通りだ。そもそも埴輪ってのは野見宿禰が思いついたものだって？　笑わせるないおばば、お前の話の逆さまがちょうど、本当のいきさつなんだ。埴輪を始めて作ったのは、おれたちの仲間のこの八雲ってやつよ。

八雲　いいよ、甕襲、そんなことはどうでも。

甕襲　何をいうんだ、八雲。倭と出雲との長い長い闘い。王の力やその死にざま、みずみずしい恋の唄や、そのやりとり、俺たちの暮し、よろこび、哀しみ、みんな語り部の媼たちの口を通して残ってゆくんだぞ。

八雲　おれたちのよろこびや哀しみだって？　そんなものは残りようがないじゃないか。

足名椎　いや、みんなのいう通りだ。殉死を禁じたのは、倭の王のみうつくしびの心だと？　とんでもない。この足名椎にいわせれば、倭の利口ものたちは気付いただけよ、とむらいのために、百人も二百人もの奴隷たちを殺してしまうのは勿体ないとな。無駄に死なせるのが惜しくなっただけだ。

八雲　そうかな。

足名椎　そうともさ。殉死なんて、ばかばかしい。一人でも多く田畑に狩り出した国の方が勝なのさ。まったく、奴隷以上にすばらしい鍬があろうか。四つん這いになって、沼地でも、葦原でも、かきわけ、かきわけ耕してゆくのだ。おれが倭のおえら方だったとしてもそうするね。
諸垂　あ、またしくじった。
稲羽　諸垂、なんだい、そりゃ。
諸垂　ウ、家だよ。死者の霊がすまう家だ。
　死者の魂がちょろりと入る家だよ。
甕襲　お、おばば行くのか、まあ聞けよ。おれはな、お前がわりィと好きだ。だから申し上げますがね、語り部の長《おさ》のロウツしに、ありきたりのデッチあげの物語をしゃべるんじゃなくさ、おばばの眼が本当に見たもの、おばばの耳が本当に聴いたものを語れよ。そうしたらおばばの話はもっとずっとおもしろくなるぜ。たとえば（朗読調になって）土師部の中には髭づらの甕襲と呼ばれる男があった。彼の作る埴輪はどれもこれも雄々しくて

墓に埋めるのは惜しいような…… 時の女たち歌《うたよ》みしていわく
わが枕辺に置きはや　わが床辺に……
だとさ、はっはっは、こういう具合にいかんかい、おばば。
土師部たち　（どっと嘲笑）
語り部の媼　秋もすぎ冬になる
冬枯れの雑木林を
今日も土師部たちは　てくてく　てくてく歩いてゆく
背中に出来上った自分の埴輪をくくりつけ
手にも埴輪を持てるだけ持って
冬枯れの山を越え　谷を越え
笠間にできた新しい墓に埋めにゆく
皆の背中にくくりつけられて
山道をのぼってゆく埴輪は

どれもこれも笑っていた
土師部たちはにが虫をかみつぶし
よたよたと蟻のように続いていった
埴輪が出来てから皆の働かされようは
二倍になった
埴輪の出来たよろこびも束の間
土師部たちは気づいてしまった
埴輪を作ったことによって
ますます仕事がつらくなってゆくことを
苛酷になってゆくことを
短い冬の陽ざしが傾く頃
三百個の埴輪は陵《みささぎ》の中腹にきれいに
めぐらされ　並べたてられた
新しい笠間の陵
毎日五千人ずつの人間が
夜もなく昼もなく積みあげて五ヶ月も
かかってこしらえた赤ん坊の墓
埴輪は墓を守るようにみんな外をむいて
　並んでいた
夕陽をあびて杏いろに染った埴輪
遠くからみると　その瞳《め》は大きくくろぐ
　ろと生きているようにみえた
その口は大きくなにかを云いたげにみえ
た
埴輪は土の中から生れた
はじめ八雲の手を借りて
それから土師部たちみんなの手を借りて
埴輪は土の中から生れたのだ　ひょっこ
　りと
誰が命令したのでもない
誰が思いついたのでもない
ましてみうつくしびの物語ではなかった
それがだんだんはっきりしてくる
わたしはだんだんいやになる
語り部の長《おさ》のいうなりに　すめらみこと
の

みうつくしび、そのまた前のすめらみことのみうつくしび
そのまたまえの……　黴《かび》の生えた嘘八百の物語をそらんじていることが
わたしは伝えたい　口から口へ
いま生れたばかりの話
いま生れたばかりの唄
みんなが疑いの眼をもって
烈しくみつめている多くの出来ごと
戦い！　叛乱！　神かくし！
滅び去るもの、新しく芽をふくもの
虐げられた者たちの恋　その恋唄

野見宿禰の声　うぬ!!　くたばるがいい。

語り部の媼　あっ!!　あっ!!　あ！　何者？
名を名のれ、わたしは語り部の者、語り部の者、だれだ？　どこだ？
わたしはただ下積みの者たちのざれ歌を……
いま生れたばかりの話を……（突然ギョッと気付いて）アッ!!　わたしは、消されたのか。わかった！　わかった！　わかった！

野見宿禰の声　ふっふっふっ、はみ出すことは許さぬ。もはや倭は、はっはっはっ。

——間——

木枯しの音、荒涼と

八雲　薊、みかけたかい？　この頃、語り部の媼。

薊　ううん、みない。わたしも、あんなにしょっちゅう来てたのに。病気かしら？
ああひどい木枯し……

八雲　こっちへおいで、火の側に。今夜はここで夜どおし窯《かまど》の番さ。おまえの手は荒れているね。なんて荒れているんだ。かわいそうに。

薊　うん。これ、女の手じゃないみたい。ねえ、ここをさわって……　すべすべしてるわ、ほら、（いぶかしそうに）八雲、どうしたの？　今夜は。

八雲　おれは今日、すめらみことをはじめて見たよ。

薊　まあ、どんなひと？

八雲　まだとても若かった。きものは真白で雪のように輝いていた。

薊　雪のように輝いていた？

八雲　頸にかけた瑪瑙《めのう》や翡翠《ひすい》は、馬の目玉ほどの大きさだった。おれたちは新しい仕事着をきせられて、あわててたのしそうに仕事をさせられたのさ。すめらみことは澄んだきれいな目をしていた。しかしなんにも見ていなかった。なんにも。その目をみたらおれはぞっとしてしまった。何を言うのも無駄だって気が、はっきりしたんだ。

薊　八雲、そんなに悲しい顔をしないで。抱いて、わたしを、いつものように……　ほら覚えてる？　このあいだの晩は雪が降って来たのに、二人の体は熱く燃えて、かがり火のようだった。裸でもちっとも寒くはなくて二人ともびっくりしたわ、ふしぎがったわ。ねえ、あの時のようにして、八雲！

八雲　今夜はこうして兄弟のように並んでいよう。おれはだんだんお前を抱くことすら出来なくなってゆくんじゃないかと……

薊　え！

八雲　おれたちの若さは短い、たぶん。毎日粥をすすって、すりきれるまで働くんだ。
薊　また……
八雲　おれはちゃんとみつめていたいんだ。尊い生れの女はますます美しく光輝き、おれたちの女はまたたくうちに老け、醜く腰が曲ってくる。
薊　わたしも見たわ、今日　やまとの美しい女のひとを。肩にかけた領布《ひれ》がまるで春の靄《もや》のようにけむっていた。眼も濡れていて、手もほっそりしてた。
今夜踊るんだわ、あのひとたち。
わたしは今日玉垣の宮の側で鶏の羽を挘ったの、皆と一緒に、何羽も、何羽も、山のように。
八雲　また韓《から》の国の使者がついたんだな、今夜はそれをもてなすためなのか。

木枯しの音
見廻りの犬のたけだけしく吠える声

薊　なんていやな犬。罪人《つみびと》でも嗅ぎ出すみたい。
八雲　(ふっと)おまえ、言ってたな、いつか狗邪韓《くやかん》から来た韓《から》の国の船は色の着いた皿を何枚も積んでいたって。
薊　そういう噂だった、でも知らない。
(気づいて)八雲、いったい何を考えてるの？　いやいや、こちらをむいて、わたしを抱いて、八雲！

木枯し、やがて
倭の酒楽《さかがい》の唄

合唱　そらみつ　やまと
この酒を醸《か》みけむ人は
その鼓　臼にたてて
歌いつつ　醸みけれかも
舞いつつ　醸みけれかも
この酒の　この酒の
あやに転楽《うたたぬ》しささ
倭しうるわし

野見宿禰　ああ　酔うた　酔うた　争無酒《ことなぐし》
笑酒《えぐし》にわれ酔《え》いにけり　韓の国のかたがた
今宵は夜の明けるまで飲みあかそう、すばる、冠の星々もいまやわれらの真上にきた、さあ酒甕《みわ》には酒が満ち溢れ、猪《しし》の肉、鹿のもも、鳥の手羽、なんでもこうばしく、あぶられ申した。よりすぐった踊り子のうち、お気に召したものがあればどれでも韓へのみやげにお持ちあれ、生口《いけくち》として献上奉る、さあ、女ども、領布《ひれ》ふりかがし、もろ肌ぬいで大地ふみ鳴らし、踊れ、踊れェ。
ハッハッハッ、冬の宴もいいものだ、ハッハ。女たち、春を呼べ、春を呼べ。

合唱　この酒の　この酒の
あやに転楽《うたたぬ》しささ
倭しうるわし

少年　（細くすき透る声で）宿禰さま、宿禰さま。（寄って）大変です。韓の国の献上品が盗まれました。

野見宿禰　盗まれたと？　日の鏡か、剣《つるぎ》か、赤絹か、羽太の玉か。

少年　皿です。色絵のついた大皿です！

かがり火の側で番をしていたわたくしが、ちょっとよそ見をしたそのすきに真黒な手がのびて。

野見宿禰　そやつは？

少年　身をひるがえして勾欄をめぐって、きざはし伝い、纏向山の方角へ。

野見宿禰　なにほどのことはあるまい、刑《おさ》部《かべ》の者!!　追え！

刑部の者たち　はっ!!

野見宿禰　纏向山の南、初瀬、黒崎、出雲の部落を洗え！　洗い出せ!!　他に盗まれたものは？

少年　皿だけです。色絵のついた大皿だけです。

野見宿禰　皿だけか。（間）はっはっはっは、さ、酒だ、酒だ。
酒楽《さかがい》を続けよう、武日《たけひ》！　（ハッ）彦国《ひこくに》葺《ふく》、（ハッ）大鹿島《おおかしま》、（ハッ）韓の者には悟らせるな。

酒楽の唄　急調子になってゆく

――やがて

木枯し

八雲　（息をはずませて）薊、薊。

薊　ああ　八雲！

八雲　ごらん、すごいだろう？

薊　まあ、皿！　これは韓の国の？

八雲　そうだよ、なんていい色なんだろう。勾玉の青さに、若い母親の乳の色をまぜたようだ。そして大皿のまわりをぼーっと白い花の模様で飾ってある。いいなあ、これに葡萄を盛ったり、山桃の実を入れたら、どんなにうまそうにみえるだろう。光っている。鈍く光っている。土で出来ていながら……なんて美しいんだ！

石の上に力一杯皿を落した音、砕け散る

薊　ああ！

八雲　素焼きの上に、なにがかけてあるのだろう。見てみたいんだ、この皿のひみつを……

ほら、これは……

薊　ああ、わたしいっぺんに年をとったわ。八雲！　わからないの、倭の宝物を盗んだり、割ったり、そのあとがどうなるかってこと、ああどうしよう。皆起きだした。小屋から出てくる、出てくる。

足名椎　なんだ、今の音は。

小鹿火　どうしたんだ。

甕襲　おい！　八雲！

土師部たち　（口々に）なんだ、いまの音。

なんだ、なんだ。

びっくりさせやがる。

薊　粉々になったわ、大皿。

大皿、割ってしまったの、八雲が。

土師部たち　（どよめき）大皿!!

大皿!!

きれいだなあ、みろ、かけら。

これがねえ、

甕襲　盗んだのか、八雲！

八雲　盗んだ？　いやおれは手に取って見たかっただけだ。調べてみたかっただけだ。

おれたちの手でこんなものを作り出してみたかっただけだ。

韓の国に頭を下げて皿のはてまで頂戴す

ることなんかないんだ！　これくらいのもの、おれたちの手で作り出してみせる。

稲羽　気は確かか！　おい、八雲。

八雲　おれはもう飽き飽きだ、埴輪の子供だましなんか。

稲羽　飽き飽きだって？　お前が埴輪なんてとっぴな物をこしらえてくれたおかげで、おれたちの働かされようは二倍になったんだ！　生意気云うな！　おれたちの荒《すさ》みようを、どうしてくれるんだ！

小鹿火　よせ、稲羽、この砕け散った皿をかくすことが先だ。埋めるのだ。早く始末しろ。一つのかけらも残すな！

稲羽　もし埋めたことがわかったらおれたちどうなるんだ。八雲をつき出せ、盗んだんだ。

足名椎　稲羽、なにを云うんだ。

薊　逃げて、八雲！　どこでもいい！　倭じゃもうあなたは生きられない、殺されるわ。

八雲　殺される？

薊　あなたのしたことは大変なことなの！　さあ、逃げて！　殺されるか、生き埋めにされるか、目のまわりを黥《きざ》まれるか。

八雲　（ギョッと我に返り）目、目のまわりを黥まれる？　い、いやだ、あんな滑稽な顔になるのは！

薊　だからよ、八雲！　行けるところまで行って！　行きだおれかもしれない。野垂死にかも知れない！　でも生きる方に賭けるのよ。八雲！　行けるところまで行って！

八雲　おまえがひどい目にあうよ。それを知りながら行けると思うか。

薊　だめ、だめ、意気地のないこと言って！　韓の国の皿まで自分のものにしたあなたじゃないの！（強く）わたしの武器はこのからだだけ。あなたに女にしてもらったこのからだ、倭の下っ端役人くらいまるめこんでみせるわ、ハッハハハ、押えられたって捻じまげられたってわたしたち生きてゆかなくちゃ、生き抜いて見せるわ。

獰猛な犬の鳴き声
遠くから近づいてくる

八雲　別の女のようだ、おまえ。

薊　生かしたいの、あなたを生かしたいの。ほら、星明りの中を見張りの鉾がきらきら光っている、あの光が一瞬闇の中に消えたとき、突き抜けるのよ！　八雲！　どこまでも走って！

八雲　薊！

薊　ふりむかないで！　八雲！　闇の中を走って！　走って！　走って！　もっと楽に息をつけるところ、きらきら輝くような毎日を送れるところ、あなたが好きなときに好きな窯で好きな皿を焼けるところに辿りついて！　八雲！

木枯らし高く
獰猛な犬
ひしひしと取りかこむ気配——
馬蹄の音

薊　犬がみつけるかもしれない。ひきさかれるわ。
皆、騒いで！　おねがい！　騒いで、騒いで！　見張りと、犬の注意をこっちに

向けて!!　なんでもいい、さわいでェ
——
稲羽　逃げたってどうなるものか。
薊　行けるところまで行かせてやって！
稲羽　すてられた男なぞ犬にくわせろ。
薊　知らないくせに！　ばか！　(猛烈な平手打ち)
稲羽　やったな！
諸垂　な、なにが、いったいどうしたってんだよう。
甕襲　このうすのろめ！　(平手打ち)ほえろ、ほえるだけだ。おれたちにできるのは、ほえるだけなんだ。おーい、おれたちは倭の奴隷じゃないぞ！
小鹿火　啞として、死ぬまで働かされるのかァ。
足名椎　火の色をみることも倭に教えたァ。
稲羽　埴輪の作り方も倭に教えたぞう。
甕襲　出雲へ返せェ——
稲羽　出雲へ返せェ——
土師部たちの偽装の乱闘　(ほんものになってゆく)
(追手の音、急速に近づく)
薊　きた！
行けたかもしれない、八雲！
走って、走って、闇の中を走って！
——高潮した音楽、しばらく
プツンと切れた時
その中から走って来る足音
博物館の人　もしもし、ここでは走らないで下さい。
青年　あ、足名椎！　(止まる)
博物館の人　(抑揚なく)足名椎？　わたし

は博物館のものです。
青年 ああ、ここは博物館――。……なるほど、ずいぶん遠くまで行ったものだ。ぼくは八雲なんて名前で呼ばれていた。八雲……。そうだ、いまならば言える、君がほしがったもの、君が身をよじってほしがったもの、それは「自由」だ。

愛する自由！
怒る自由！
笑う自由！
食べる自由！
学ぶ自由！
創る自由！
手をつなぐ自由！
自由、自由という日本語、なんてゴロが
悪いんだ、なんて坐りごこちが悪いんだ。

「自由」には僕たちの血がまだ流れこんでいない。
「自由」には僕たちの肉がまだくっついていない。
僕たちはまだ
女をほしがるように濃厚に 官能的に
「自由」をほしがったことは一度もないんだ！
いつの時代も
いつの時代も
僕たち皆の手の中からさらさらとあっけなく落ちていってしまったもの、
僕たちの愛！
僕たちの力！
僕たちの自由！
それはいつか花ひらくことが
あるだろうか
僕たちみんなの手の中で

それはいつか、
重たく実ることが
あるだろうか

童話
貝の子プチキュー

（渚の波の音、やわらかい音楽）

貝の子供のプチキューは、今日も砂のなかにもぐって波の音を聞いておりました。プチキューは、小さい小さい貝の子供でした。いつでもひとりぼっちでした。淋しくなるとエンエンエンエンエン……と泣きます。

管のようなかわいい口をパカッと開けていると、ミジンコみたいな小さなお魚や、もずくや、砂まで入ってくるのです。お腹が一杯になってくると、プチキューは眠たくなってきたので、そろそろ寝ようかなって、今度は貝柱をキリキリ　キリキリひきしめました。するとパチンとかすかな音がして、貝がらはきっちりしまりました。

（波の音、その時急に遠くなる）

波の音は急に遠くなりました。プチキューは貝がらを閉めてしまうと安心して、トロリトロリと眠りはじめました。

するとどうでしょう、どこかで……

「何がつまらないの？」

ってこわごわ聞いてみると、

「動けないからさ、どっこも行けないからさ、ダボンダボン同じことだからさ、つまらないさ、つまらないさ」

って言うんです。

プチキューは頭をかしげて考えこみました。

「そう言えば僕は歩ける、どこへでも好きなところへ行ける、波よりはいいんだな、つまらなくはないんだな」

と思って一寸波が可哀相になりました。すると、もう眠いのなんかどこかへ行っちゃって、思うぞんぶん歩いてやろうとプチキューは舌べろみたいな足を出して歩きはじめました。


（軽快なかわいい音楽、波音とまじる）

（言葉を切る。三部合唱で

ツマラナイイナ
ツマラナイイナ
ツマラナイイナ

と歌う。ただし貝がらを距てた遠さで）

何回も何回もくりかえし歌っているのです。

おやッ！　誰が言ってるんだろ？　プチキューは貝柱をゆるめて一寸のぞいてみました。


（同じコーラス、今度は、はっきり）

波なのです。波がそんなこと言ってたのね、
プチキューはびっくりして、

よし！　どっか一度も行ったことのない所へ行ってやろう……プチキューはわくわく元気いっぱいでした。

天井を見あげると、チャピチャピ波が行ったり来たりしています。

お水もあたたかくてとてもいい気持ちです。

「おい、プチキュー、そんなに急いでどこへ行くんだい？」

蛤の大きなおじさんが声をかけました。

「うん、ちょっとね」

「つまずくぜ、そんなにかけちゃ」

「うん」

プチキューはどんどん歩きました。

（間、音楽はテンポを早く）

海はだんだん深くなってきます。

お水のいろがだんだん青くなってきます。インクでも流したように青い青い色なのです。

それでも、とってもすきとおっているので、遠くのほうを泳いでいるお魚もはっきり見えるのです。目玉の大きなお魚がゆうゆうと泳いでいます。小さいお魚がシッポをチリチリさせて泳いでいます。

ひとでや、いそぎんちゃくや、みたこともないくらげがすきとおったインク色の水のなかにいっぱいいっぱいおりました。

こんぶやあおさがヘロヘロゆらめいている林を通りかかると、

「やい、小っちゃいの」

と呼びかけられました。

よく見ると、なんだかおっかないような、やさしいような、なつかしいような、うす気味の悪い変な顔をしたのが枝にぶらさがって片目をつぶっているのです。

プチキューは、

「あー　わかった、君の名はタッチャンてんだろ」

と言うと、

「たっちゃんじゃないやい、たつのおとしごさまだ」

といばって言います。

「ごめんよ、たつのおとしごさん用事はなぁに？」

たつのおとしごはシッポを枝にまきつけてブルンブルン器械体操のように廻ってから、

「どこへ行くんだい？」

とまた片目をつぶってプチキューを見ました。

「みたことないもの見ようと思って歩いてんだよ、僕いろんなものみたいんだ。波がね、どっこへも行けないからつまんないって。僕は足があるだろ？　何かいいものみつけようと思って歩いてんだよ」

「いいものって何だい？」

「いいものって……きれいなものがいいよ」

「きれいなものならこの海にはいっぱいあるさ。一番きれいなものを教えてやろうか？　ここをまっすぐどこまでも歩いて行くとね、大きな洞穴があるよ、そこへ行ってごらん」

「なにがあるの？」

「宝石だよ、きれいだぜ、ためてあるんだ」

「どんなの？」

「おまえは知らないだろう？　海の上からときどきな、ヒラヒラッとガラスのかけらが落ちてくるんだよ、はじめはトキトキのとがった奴《やつ》が波に洗われてあっち行ったりこっち行ったりしているまに、だんだん丸くなってすき通ってそりゃきれいになるんだぜ、そいつを見つけたものはみんなあの洞穴へ持って行くんだ」

「ためておいて、どうするの？」

「みんなのたからものさ、ときどき見に行くんだよ、頭がすっとなるよ、お前もみておいで」

「うン、たつのおとしごちゃんは大人かい？　子供かい？」

「大人だよ」

「ふーン、じゃ、さいなら」

「おい、小っちゃいの、そこはここよりもっと深いからな、つめたいからな、寒かったらもどったほうがいいぜ」

「うン、ありがと」


（軽快な、かわいい音楽）


そういえばなんだかとっても寒くなってきたようです。

体がひきしまるように水がつめたくなってきました。海のいろは、さっきよりももっと濃くなってきました。上をむいても天井はどこだかわかりません。プチキューはすっかり心細くなって、熱い涙をぽたぽた流しているとその時、

（遠くのほうより結婚マーチがだんだん近づいてくる）


どこからか、はなやかなたのしいマーチが聞えてきます。

だんだん近づいてくるよう……。

「何だろ？　何だろ？　何だろ？」

プチキューはうれしくなって大声で一人ご

とを言いました。

「今夜はね、いかの結婚式なんだ」

小さいえびが教えてくれました。

（早目に音楽近づいてくる）

アッという間に鯛だの、えびだの、ふぐだの、いっぱいのお魚が海の底に一列に並びました。プチキューもあわててその列に加わって、貝がらのなかから一生懸命覗いていると、だんだんマーチが近づいて二匹のいかがすーいすーい泳いでくるのがみえました。

お嫁さんのいかは頭にぴらぴらいろんな海草をかざりつけ、おむこさんのいかは気取って十本の足を思う存分のばして、すーいすーいと並んでやってきました。

プチキューの真上にきた時には、いかのお嫁さんをよく見ることができました。色がまっしろですきとおってて、目がきらきら輝いてました。

「やあ、きれいだなァ、きれいだなァ」

プチキューは喜んでピョンピョン飛びあがりました。

（音楽　遠ざかる）

それにプチキューはすっかりこの音楽が気に入ってしまい、だんだん遠くなってゆく音楽を聞えなくなるまで見送っていました。

（音楽　消える）

「ああ　おもしろかった！　また歩こうや！」

「ああ、これがたつのおとしごの教えてくれた洞穴だな、どこにその宝石はあるんだろ？」

ぐるぐる探したけどみつかりません。

「上のほうかな？」

プチキューは痛い足を我慢し我慢し、岩をよじのぼりました。

「もう、ヤンなっちゃった！」

登っても登っても頂上がこないんだもの……その時です、なんだかキラキラ光るものが上のほうにあるのです。

おや、と思うとすぐ消えてしまいました。

プチキューは最後の力をふりしぼって又よじのぼりはじめました。貝がらの頭がぽっかり水の上に出ました。


（荘重な音楽）


ところが足が痛くてひりひりと少しも歩けなくなってしまったのです。さっきあんまり喜んで飛びあがったからかもしれません。

変だなァ……プチキューは痛いのと淋しいのとでエンエンエンエンエン声を立てて泣いてしまいました。

涙がブクブクブクブク泡になって上の方にのぼってゆきました。

痛い足をひきずりひきずりどれぐらい歩いたかしら。

しゃっくりするたび、泡が上のほうへのぼってゆきます。


（間　音楽）

かちん！　いやというほど硬いものに頭をぶつけてプチキューがびっくりしてみると、それは大きな岩でした。

大空は、もうふるような星月夜でした。

プチキューはぼんやり岩にしがみついていました。

「あー、これがたつのおとしごの言った宝石なんだナ、本当に沢山ためてあるんだナ、ひとつだけでいいから欲しいナ、歩いてきてよかったナ、くたびれちゃったけど」

プチキューはしみじみ幸福でした。

こんなきれいなものを見たことは一度もなかったからです。

（岩にぶつかる波の音、音楽）

岩の上にはくぼみがあって水がたまっておりました。そこに仰むけに寝て眺めていると、どこからか、小さいかにの子がかさかさ這ってきました。

（間）

「おや、君は、貝の子だね、どうしてこんなところまで来たんだい？」

「歩いてきたんだよ！」

「君は浜辺の子じゃないか！　砂にもぐってりゃいいんだよ！　馬鹿な奴！」

「僕は浜辺の子じゃないよ！　海の子だよ」

「お前は浜辺の子だよ」

「うそだョ、お前こそ浜辺の子だョ、僕みたことがあるんだ、かにのヤツ、横ばいになって岡へのぼっていったよ！　食物《くいもの》あさりに行ったよ！　かにの家は岡だよ、海じゃないよ」

「何だって！　僕だってみたぞ、貝のヤツ砂浜で昼寝してたぞう！　貝の家は砂浜じゃないか！

おい！　お前はこうやって泡ぶくが出せるかい？　どうだ！」

かにの子は怒ってモカモカ　モカモカ次から次から真白い泡をふきはじめました。

プチキューはあんまりきれいだったので怒るのを忘れてポカンと見とれています。

「おい！　出せるかい？」

プチキューはあわててまたケンカしはじめました。

「出せるさ、さっき海の中で出たもの」

とりきんで一生懸命にしゃっくりあげてみました。けれどちっとも泡は出てきませんでした。

「ハハハハハ、バカヤロ！」

かにの子はビーズ玉のように光る目をつきだしておもしろそうに笑います。

「僕は泡が出せるから海の子だ」

プチキューは口惜しくて一生懸命しゃっくりあげてみるけれど、水の中じゃないからちっとも出てこないのです。

そのうちにさっきからの疲れがいっぺんに出てきて気が遠くなってしまいました。

側でかにの子がやいやい言っているのもだんだん聞えなくなりました。

プチキューはもう一度空をみあげました。

すると今度は大空いちめんにぴかぴか光っているお星様が、夜光虫にみえてきました。

プチキューが生れたばかりのころに、ただ一度だけ見たことのある、あの夜光虫にみえてきたのです。

自分は今、海の底にいて、海の上で光っている夜光虫を見ているのだと思ってしまいました。

プチキューは、誰が何んて言ったって僕は海で生まれた海の子だ！

そう思いながら、だんだん気を失って死ん

でしまったのです。

かにの子はケンカの最中に死んでしまったプチキューを黙ってみていましたが、はさみで貝がらの中の身をつかんで、ムシャムシャ食べてしまいました。

プチキューの身はしょっぱくて潮の匂いがしました。

そこでかには、やっとプチキューも海の子だとわかりました。

すると死んでしまって、じぶんがムシャムシャ食べてしまった貝の子供のことが可哀相でたまらなくなったのです。

かには自分の穴へ帰って、さめざめとひとり泣きました。


（静かな音楽）

プチキューの貝がらだけが波に洗われて、
ポッカリ口をあけていました。
だれもプチキューが死んだのを知っている人はいませんでした。
その次の晩もまばゆいばかりの星月夜でした……。
その次の晩も……。
その次の晩も……。

民話

おとらぎつね

むかし、長篠《ながしの》の里に、おとらぎつねとよばれる、古ぎつねが一ぴき、すみついておりました。めっぽう気がつよく、あばれんぼうの女《め》ぎつねで、ひとにのりうつったり、ひとをばかしたり、やりたいほうだいでしたから、村のひとたちは、大よわりでした。

おとらぎつねにとりつかれると、ウーンとうなってひっくりかえり、キリキリと目をつりあげ、わけのわからないことをいって、まったく、ちがうひとのようになってしまうのです。それから、さめざめとないて、長篠城のたたかいのありさまを、こまごまとかたったりします。

とりつかれたひとは、ひゃくしょうだったり、木こりだったりで、長篠城のことなど、すこしも知らないはずなのに、じぶんの目で見てきたように、ありありとしゃべりだすのです。

そのうち、きつねにのりうつられた人は、しきりに左の目をこすりはじめます。それで、

「や、や、おとらぎつねだな！」

とみんなにわかるのでした。

おとらぎつねが、ひとの口をかりてかたったことばによると、おとらは、子ぎつねのころから長篠城にかわれていた、毛なみのいい、きつねだったのです。きつねは、おいなりさんのおつかいとしんじられていましたから、長篠城のかたすみにまつられていた、おいなりさんのそばで、おとらはたいせつにされてそだちました。

そんなおとらが、どうしてわるさばかりするようになったのか、わけをさぐってみましょう。

そのころ、世のなかは戦国時代とよばれ、あちこちのさむらいたちが、おたがいに、つよさをあらそっていました。どこかで、いつもいくさがおこって、城はとったりとられたり、そのたびにたくさんの人が死んで、血なまぐさい風ばかりふきました。

おとらぎつねが大きくなるころには、ますますひどくなりました。おとらがかわれていた長篠城をまもるのは、徳川家康、織田信長、豊臣秀吉の連合軍です。三人ともまだわかく、げんきいっぱいのころです。

これにたいして、武田勝頼というたいへんつよい、いくさのうまい大将が、たくさんの兵をひきつれておしよせ、長篠城をかこんでしまいました。

長篠城のさむらいたちは、いっしょうけんめいにたたかいましたが、そのうち、たべものがなくなってきました。このままでは、もうお城はあぶないので、鳥居《とりい》強右衛《すねえ》門《もん》というさむらいが、こっそりとお城をぬけだし、徳川家康のところに、たすけをもとめにはしりました。てきにかこまれているのですから、見つかったら、ころされてしまいます。強右衛門は、どうにかうまく、てきのかこみをとおりぬけ、家康のところにたどりつきました。

わけをきいた家康が、たすけることをやくそくしてくれたので、強右衛門は、よろこびいさんでひきかえしましたが、こんどは、お城にはいろうとしたところで、てきにつかまってしまったのです。

てきの大将、武田勝頼は、強右衛門にむかって、

「たすけの軍はこないと城にむかっていえ。そうすれば、おまえのいのちは、たすけてやる」

といって、強右衛門をはりつけ台にしばりつけ、長篠城のほうへむけると、

「さあ、いえ！」

と、こわい顔でにらみました。強右衛門は、天も地もわれるような大声で、

「長篠城のみなさんがた！家康どのは、たすけにまいるぞ！もう一日のしんぼうでござる！」

とさけびました。あわてたてきがたのさむらいは、強右衛門のからだに、ぶすぶすと、やりをつきたてました。

死をかくごした、男らしい強右衛門のこのたいどは、みかたばかりでなく、てきがたのさむらいたちのこころも、強くうちました。

長篠城では、強右衛門のさいごのことばにげんきづけられ、家康のたすけをまつことにしました。とのさまはじめ、みなのものがあつまって、なにやらそうだんをはじめました。おとらぎつねも、きつねながら、お城のことがしんぱいで気が気ではなく、しょうじのかげで、とのさまたちのようすを、立ち聞きしようとしました。すると、そのもの音を、あやしい忍者と思ったので

しかたなく、おとらはからすにばけて、いくさのようすをながめていると、てきのとも、みかたのともわからない矢がとんできて、おとらの左目に、ズブリとささりました。そうして、おとらはびっこのうえに、左の目がつぶれてしまったのです。おとらはまったくはらがたって、

「ええい！　こんなところに、もう、おれるかね！」

と、お城をでてしまいました。おとらぎつねが、やけのやんぱちになって、いろいろとわるさをするようになったのは、ざっとこういうわけなのでした。

おとらぎつねが、ひとにのりうつって、こうかたるので、里のひとびとにも、おとらぎつねがびっこで、左目がつぶれているということはわかりました。ひゃくしょうは、さむらいたちに、はたけやたんぼをあらされたり、おおけがをさせられたりして、ほんとうにめいわくしていたのでしょう。

「くせもの！」

という声といっしょに、一本のやりがつきだされ、おとらの左あしに、ぐさりとささりました。

「キャーン！」

となないて、おとらはにげましたが、それから、おとらはびっこになってしまったのです。

そのうち、家康の軍がたすけにかけつけてきました。信長の軍もかけつけました。信長はそのころ日本にはいったばかりのてっぽうを、うまくつかいこなして、ぶちまくりました。

「長篠のたたかい」は、ものすごいこととなり、こうなっては、おとらぎつねにかまってくれるものなど、もう、ひとりもおりません。

らされて、やけのやんぱちになってもいたので、おとらが、あれる気もちもわかるのでした。でも、だれひとり、おとらのすがたを見たものはありません。

里に、作助じいさんというひとがいました。ある日、山へたきぎをとりにいき、たくさんひろってせなかにしょい、山道をくだってくると、ぽかぽかとあったかい日だまりに、一ぴきのきつねが、ながながとねそべっていました。その左の目の上には、はまぐりの貝がらが、のっています。

「ようし、つかまえてくりょうか、

はまぐりは、あれは、なんのまじないだァ？

は、はァん、目がわりいだな。

ばかよのう、

貝がらをのせたって、なおるわけもねえ、

貝がらにはいった、ぬりぐすりをぬらにゃ……」

むかし、ぬりぐすりは貝がらにつめて売っていました。おとらは、それを知っていたのでしょうか。でも、人間のまねをしてみたものの、やっぱりきつねはきつね、りくつがわかっていないと思うと、作助じいさんは、プッと、ふきだしそうになりました。

また、あわれにも思いました。

あすは、むすこのけっこん式ではあるし、ころすことはしたくないし、つかまえるのはやめにして、山をくだりました。

家にもどったとたん、

「は？

ありゃ、おとらぎつねじゃなかったろうか？」

作助じいさんが、そのことをみんなにはなすと、みんなも、そうにちがいないと、うなずきあいました。

「りこうそうにみえても、おとらはやっぱり、ちくしょうだわ。

　くすりのからのはまぐりを、左目にのせていただで」

　みんなはそこで、どっとわらいました。

作助じいさんは、ちょうしにのって、

「おとらのやろう、きりょうのわるい、女ぎつねだったわ」

　みんなはますます、どっと、わらいくずれました。

　作助じいさんのむすこのところへ、となり村から、かわいいおよめさんがきました。

なにかいわれると、ほおをポッとあかくそめ、まめまめしくはたらきましたから、むすこはもちろん、作助じいさんも、ばあさんも、

「いいよめだ、いいよめだ、おらがは、あてた」

と、よろこんでいました。

　ある日のこと、いろりばたで、みんなあつまって夜なべしごとをしているとき、このよめさんが、きゅうに、

「ウーン」

とうなって、ぶったおれてしまいました。

それから、おきあがったときには、顔つきが、すっかりかわっていたのです。

　よめさんは、きもののすそをくるりとまくり、白いおけつをむきだしにして、すごみはじめたので、みんな、きもをつぶしてしまいました。

　じぶんのような美人が、こんな家によめにきたのはもったいないとか、……じいさん、ばあさん、むすこのわるぐち、あることないこと、ベラベラわめきちらすのです。

むすこは、ぼうをのんだようにつっ立ち、

じいさんは口をもがもがさせ、ばあさんは、こしをぬかしました。

そのうち、わかいよめさんは、

「いま、村はずれの家で、あぶらげをにておるだで、はやいとこ、もってきな！」

といいつけました。みんながふと気がつくと、左目をさかんにこすって、なにやら、目やにをぬぐっているふうです。

「ははァ、おとらぎつねが、とっついただな」

やっとそのわけがわかって、大さわぎになりました。

村じゅうのひとが、手つだってくれました。作助じいさんの家の戸をしめ、いろりばたで、青まつばをどんどんいぶすのです。ふつうのきつねなら、ゴホン、ゴホンとせきこんで、にげだしていくのですが、おとらぎつねはしぶとくて、二日たっても、三日たっても、はなれません。

いく日もいぶされて、よめさんのからだは、だんだんよわってきました。みんな、気が気ではありません。そこへ、くすり売りがとおりかかり、いいちえをかしてくれました。

その夜、みんなは、くすり売りにおしえられたとおり、ひとしばい、うちました。

「こんやは、もうだいじょうぶだわ、秋葉山《あきばさん》の犬神さまを、おむかえしてきたで……」

などとみんなが大声でしゃべっているところへ、

「う、うーッ！

う、うーッ！

う、う、う、うわ、おう！」

と、くすり売りが、おおかみのようなうな

り声をたてました。ほどなく、やねの上で、
「ケーン!!」
という、うらめしそうななき声がして、お
とらぎつねは、よめさんから、ストン！
とおちました。
　きつねは、犬神さまが、大きらいだった
のです。
　よめさんは、もとどおり、ういういしい
すがたにもどりましたが、たとえ、おとら
ぎつねのせいであったにしても、よめさん
の口から、さんざんわるぐちをいわれたば
あさんは、
「こんなよめは、里へかえす」
といって、ききません。でも、むすこが、
「こらえてくれろ」
となないてたのむので、ばあさんは、しぶし
ぶしょうちしたということです。
「なんだなァ、作助じいさんが、いつか、
ほれ、
おとらぎつねは、きりょうがわるいとい
ったで、
ほいで、たたったたな。
おとらのことは、
でかい声では、話さまいぞ、
でかい声では、話さまいぞ」
村のひとたちは、こんなふうに、いいあ
いました。
　この村に、「けちだんな」とよばれる、
おかねもちがひとりいました。あちこちの
いくさのあとにでかけては、死んださむら
いから、かぶとやかたなをはぎとって、お
かねをためた、といわれていました。いや、
まだ、いきをしているさむらいの、よろい
をはいで売りとばした、とまで、わるぐち
をいわれていました。

もらうものなら、ちりがみ一まいでもよろこぶけれど、くれてやるのは、かまどのはい一つまみでもいや。家も大きく、ひともたくさんつかっているのに、みんなから、けちだんなといって、きらわれていたのです。

ある日、けちだんなは、するがの国（静岡県）へ用たしにいきました。そのかえり道、じぶんの村もちかくなって、やれやれ、と思っていると、にわか雨がふってきました。

春とはいっても、ざんざんぶりの雨に、からだのしんまで、ひえきってしまいました。はやく家にかえらなければ、と川のどてをはしっていると、

「もし、だんな！」

と、よぶこえがします。みると、茶店が一けんあって、しまのきものをきた、きりりと、うつくしい女のひとがわらっています。

「よっていらっしゃいまし、ひどい雨に……」

けちだんなは、しめた！　あまやどりできる、と思いましたが、そこがけちなところ、こんなところでおかねをつかうのは、まっぴらです。なおもはしっていこうとすると、

「もし、だんな！

わたしのおとうとの弥次郎が、おたくでごやっかいになっています。

この店は、きのうひらいたばかり。ごあいさつのしるしに、きょうは、わたしにごちそうさせてくださいまし」

そうとなれば、はなしはべつ。弥次郎なんて名のこぞうが、店にいたかな、とかんがえるひまもなく、けちだんなは、茶店に、とっとと、はいりました。

店のおかみは、ぬれたきものをぬがせてかわかし、ほかほかとゆげのたつ酒《さか》まんじゅうをもってきてくれるなど、てきぱきと、せわをしてくれます。

がぶり！

酒まんじゅうのおいしいことといったら！

おかみはこんどは、ぐつぐつにえたみそおでんに、おちょうしをあつくして、すすめます。うまいともなんとも、はらわたにしみとおります。

一本のお酒にうっとりとして、つくづくおかみをながめますと、じみなきものをきていますが、どうして、なかなかのべっぴんです。

「いやですよ、そんなにごらんになっちゃ。ほら、日もとっぷりとくれました。この道は、荷をはこんだあとの、かえり馬がとおりますから、馬子《まご》をよびとめて、おたくまでおくらせます。それまでどうぞ、ゆっくりおやすみくださいな。

そうそう、ちょうどおふろもわいています」

おかみは、おくにむかって、

「ほうい、あんた！　だんなを、ふろばにあんないして」

とこえをかけると、おかみのていしゅかと思われる、のろまな男がでてきました。のろまていしゅは、うらの戸をあけて、だんなをあんないしていきました。そこから石だんになっていて、おりていくと、野天ぶろがありました。

「おっほ！　おんせんみてえな……、な」

けちだんなは、大よろこびで、ざんぶりとはいりました。とてもいいお湯で、旅のつかれもほぐれてゆくようです。たんぼをわたってくる風も気もちがいいし、雨もあがって、けむるようなみかづきがでています。

「湯かげんは、どうだね」

のろまていしゅのこえに、

「ああ……いいころかげん、いいころかげんの、いい湯だ……」

あとは、はなうたまじり。けちだんなは、ぼわあんと、あたまのなかが、とろけてきました。

どれくらい、時間がたったでしょう。

「だんな、ほい、だんな！」

らんぼうにゆりうごかされて、けちだんなは、こんどは、なんのもてなしかと思って、

「なんだえ？」

と、うす目をあけました。

「なんだえ?! ききたいのは、こっちのほうだがや。こ、こ、こえだめにつかってまあ、なにをしとらっせる？」

けちだんなには、まだわかりません。

「ぬくとい、いい湯だがや……」

みんなは、どっとわらいました。こえだめは、ぬくといはずです。でも、いい湯だ、なんて……。

また、おとらぎつねにやられたにちがいないと、村びとたちは、けちだんなをこえだめからひっぱりあげて、つめたい川へざんぶとほうりこみ、ごしごし、あらってやりました。

さっきあったはずの茶店は、あとかたもなくきえて、ながいどてがあるばかり。日は、とっぷりとくれたと思っていたのに、夕日はいまちょうど、あかあかと山におちるところ。

やっと、おとらぎつねにだまされたとわ

かったけちだんなは、はだかでぶるぶるふるえながら、

「おら、おら、酒まんじゅうと、酒と、みそおでんをよばれただが……」

と、なにやら、かんがえているふうです。

「酒まんじゅうは、馬のくそで、酒はおおかた、しょうべんじゃ。

　みそおでんは、なんだやら、かんだやら」

　ひとりが、はなをつまみながらいったとき、けちだんなは「ウーン」とうなって、きぜつしてしまいました。

　家へはこびこまれたけちだんなは、かぜをひくやら、熱をだすやら、おなかをこわすやら、さんざんです。

「それでも、おとらにだまされてから、けちだんなのけちぶりも、ちいとゆるんできたそうな」

「ただほど高いものはない、ちゅうことが、ちっとばかし、わかってきただな」

「あっはっはっは」

　さて、おとらぎつねは、長篠城にいたときに、さむらいに左あしと左目をきずつけられてから、さむらいが大きらいになったようです。そこでおとらは、さむらいのチョンマゲをきったり、まぼろしの軍隊をつくっておどかしたり、からかったり、さんざんわるいさをしました。

　長篠城をでてからは、どうやらおとらは、野ぎつねたちをかりあつめて、その、あねごになっているようでした。そして、そのいたずらは、ずいぶん、とおくにまでおよびました。

　長い年月がたって、作助じいさんのむすこが、はや、おじいさんになり、こしがま

がってくるころ、またこの村の女のひとに、きつねがとっつきました。

「またまた、おとらのしわざだな。秋葉山の犬神さまをよばってこい。かみつかせてくれよう！」

わいわいいって、青まつばをいぶすと、

「おら、おとらじゃない……、おとらじゃない……」

と、女のひとの口をかりて、きつねがなきだしました。

「なんだ、てめえは！」

「おらあ、おとらのまごだ……、まごだ……」

おとらのまごというきつねがかたったところによると、おとらは、ある日、信州（長野県）の川中島まであそびにでかけたようです。川中島のかわらの大きな岩かげで、りょうしが鳥をうっているのを見ていました。てっぽううちのへたなりょうしで、小鳥一わとれません。おとらぎつねがばかにして、「あほんだら!!」とせせらわらっていると、りょうしのうったてっぽうだまが、なにかのはずみではねかえって、おとらの心ぞうにあたってしまいました。こうして、長いあいだ生きつづけたおとらも、とうとう死んでしまったのです。

このはなしをきくと、長篠の村のひとたちは、「やれやれ……」と思いました。ホッとしたと同時に、なんだか、さびしくもありました。

「おとらのやろうにゃ、きりきりまいをさせられて、しゃくな女ぎつねだったが、わしらを、ずいぶん、わらわせてもくれたわのう」

「もともと、長篠のきつねだもの、長篠で死にゃあよかったに、川中島くんだりまで

でかけてよ、

へたなりょうしのそれだまにあたって死ぬなんざ、あわれなやつよのう」

村びとたちはしんみりし、だれいうとなくはなしがきまって、小さなほこらをたてて、おとらぎつねをとむらってやりました。

おとらのまごというきつねは、それからもちょいちょいいたずらしましたが、なんだかこじんまりとしたわるさで、おとらのような大きなことは、なにひとつできなかったということです。

『うたの心に生きた人々』より

山之口《やまのくち》 貘《ばく》

1　ルンペン詩人

山之口貘という詩人は、みんなから、

「貘さん!」

「貘さん!」

と呼ばれていました。だれも、かれのことを「山之口さん」とか「山之口貘さん」とは呼びませんでした。ひょうひょうとして、あたたかく、どこか間がぬけていて、親しみやすい人柄だったからでしょう。会った人はだれもが、

「いよう! 貘さん!」

と肩をたたきたくなるような雰囲気をつねにもっていました。この本では、詩人たちの名まえはみな呼びすてですが、この章では、とくべつにわたくしも「貘さん」とさんづけで呼ぶことにしましょう。貘は……では語呂もわるいし、だいいちぴったりこないからです。

「貘」というペンネームは、夢を食って生きるという中国の想像上のけもの――バクにちなんでつけた名でした。そして貘さんは、あまい夢よりも、にがいにがい夢を、

ふんだんに食べた人でした。にがい夢を食べながら、うたうときはそんなそぶりはさらさら見せず、いかにもたのしい、ゆかいな詩を吐きだした詩人でした。

ちょうど、アコヤ貝に異物がはいったとき、痛くてたまらず、自分の分泌液でくるくる包みこんで、いやし、みごとな真珠を作ってしまうのに似ていました。

ところで貘さんは、動物博覧会で「バク」というけものが、じっさいにいることを知りました。「奇《き》蹄《てい》目《もく》貘科《ばくか》」と書かれていて、ブタとカバのあいのこみたいなのがいて、夢を食うどころか、けっこう、くだものくずなんかあさっていたので、少々がっかりして帰ってきたということです。

日本のこのボヘミアン詩人は、元気だったころから、さまざまなエピソードの持ち主でした。

いわく、貧乏詩人の貘さん。

いわく、借金屋の貘さん。

いわく、便所の汲み取り人夫だった貘さん。

貧乏とは生涯、切っても切れない縁だったので、貘さんというとき、だれもがまず、その徹底的貧乏ぶりを思いだすようです。

貘さんが逝《い》ってからまだ数年にしかならないのに、貘さんを知っている人たちは、かれのやさしい微笑や、ひょうきんだった思い出をあたためて、まだ生きているかのように、かれのエピソードを語ったり、書いたりして、なつかしんでいるのです。

かれほど人々に深く愛された詩人は、そう多くないでしょう。そのため、民話や伝説ができてゆくときのようにその貧乏物語もますます尾ひれがついて、おもしろおかしく作られてゆく傾向がないでもありません。

自己紹介

ここに寄り集まった諸氏《しょし》よ
先ほどから諸氏の位置に就いて考えて
いるうちに
考えている僕の姿に僕は気がついたの
であります。

僕ですか?
これはまことに自惚《うぬぼ》れるようですが
びんぼうなのであります

山之口貘こと、貘さんは本名を山口重《じゅう》三郎《ざぶろう》といい、明治三十六年(一九〇三)九月十一日に、沖縄の那覇市泉崎《いずみざき》に生まれました。石垣の多い、キョウチクトウのふさふさと咲いている美しい町でした。

父は農工銀行八重山支店長(石垣島)をしていて、七人兄弟の三男坊に生まれたかれは、少年時代はめぐまれた環境に育ちました。

那覇の沖縄県立第一中学校(旧制)にはいって、一年生のころは成績優秀でしたが、二年生になると、空手に熱中するようになります。教練の時間に、空手をなまけたりした者は罰の木ふだを腰にぶらさげねばならぬ規則があり、たくさんつけているものは減点がひどくなる仕組みで、みな、おそれをなしていましたが、貘さんは級友たちの木ふだを「よこせ」といって、ぜんぶもらって、自分の腰に、クラスじゅうのをガチャガチャぶらさげていたそうです。人のいやがることを進んで買ってでる、後年の貘さんの性格が、このころから、すでにあらわれていたのでした。

三年生になると恋を知りそめ、二度とも失恋に終わって、このころから詩を書きはじめました。本名の重三郎をもじって「さむろ」というペンネームで、沖縄の新聞『八重山新報』に詩を発表したりしました。

恋愛すなわち不良という時代でしたから、不良あつかいをする先生がおもしろくなく、だんだん反抗的になりましたが、わるいことにそのころ、父の破産という一大事にもぶつかりました。

父がかつおぶし製造工場に手をだして、それが大失敗に終わり、そのうえ、銀行支店長として漁師たちに貸した金も、不景気で返らないありさまです。どうせだめならと、漁師たちの借金証文もみな焼いてやって、自分は無一文のまま与那国島へのがれました。

貘さんは那覇で中学生活を送っていたのですが、親もとがこうなっては学費もさっぱりとどきません。あれやこれやでおもしろくなくなって中学校を四年生で中退し、親戚をたよって転々としました。それもいづらくなって、大正十一年（一九二二）十九歳の秋に上京して、はじめて本土というものを見ました。世界的な不況のなかで沖縄ぜんたいも苦しく、若者やむすめは本土に夢をかけて、つぎつぎに出かせぎにいったのです。貘さんもそんななかのひとりでした。しかし、翌年の九月一日、駒込中里で関東大震災にぶつかり、ほうほうのていで沖縄へまいもどりました。

破産した山口家は、一家ちりぢりになってしまい、帰ってはみたものの、字を書けない沖縄遊女の手紙の代筆などをして飢えをしのぐほかはなく、貘さんは、また詩稿のはいったかばんと、わずかの着がえをもって、ふたたび大正十四年の秋、東京へやってきました。

それが貘さんの長い放浪生活の皮切りとなりました。東京でも住む家とてなく、芝浦の土管にもぐって寝たり、公園や駅のベンチ、銀座のキャバレーのボイラー室が、その折り折りの仮りの住まいという、ルンペン生活がはじまって、初上京の日から数えて、以後十六年間というもの、たたみの上に寝られたことはなかったのでした。そんなときでも、詩をせっせと書き、新聞社や雑誌社にもっていったのですが、沖縄にいた少年時代とちがって、東京では、かんたんにのせてくれませんでした。

このころから、「山之口貘」と名のるようになっていました。

仕事はできることならなんでもやりました。書籍問屋の発送荷作人、暖房工事人夫、ニキビ・ソバカスの薬通信販売、隅田川のダルマ船にのって鉄くず運搬業、おわい屋……。

おわい屋といっても、肥桶《こえおけ》をかついで、便所の汲み取りをして歩くのではなく、貘さんのやったのは、水洗便所のマンホールのそうじ人夫でした。マンホールがあまりにくさいので、四、五人で焼酎《しょうちゅう》を飲んで鼻をすこしばかにして、長ぐつをはいてはいりました。糞尿をかいだしたあとも、大きなマンホールの底は、ツルツルすべることといったらありませんでした。

そこでつくづくと、便はすべるものであるという認識をえました。職業意識というのは、たいしたもので、なかまのひとりなど汚物のついている清掃用のホースにへいきで口をつけて、おいしそうに水をがぶがぶ飲んだりしました。

「僕はめしを食えなかったから、おわい屋になったのであります」——つまり、おわい屋をやることで、世の多くの人々とははんたいにめしを食ったのであると、貘さん自身ユーモラスに語っていますし、おわい屋をやった話はあまりにも有名なので、長いあいだ汲み取り屋をやったように印象づけられていますが、繊細な神経をもった貘さんには、この仕事は耐えられなかったのでしょう。じっさいにやったのは、四、五回だけという話です。

両国のあるビルの、じめじめと水の流れてくる地下室に住んでいたこともあります。朝鮮人の佐藤という人がそのビルに住んでいて、鍼灸《しんきゅう》学校（お灸やハリの打ちかたを教える学校）の先生をしていました。佐藤氏は貘さんのめんどうをよくみてくれましたが、またかなりがめついところのあった人でした。

貘さんも見よう見まねで、お灸のすえかたを心得たので、免状を取ろうとしたのですが、免許証をとるにもお金がかかり、なんとか調達しようとじたばたしたのですが、果たせずにとうとうあきらめました。そして、もぐりのお灸屋として活躍しました。

第一次世界大戦と第二次世界大戦のはざまで、世は不景気風が吹きまくり、ちまたには失業者のあふれた時代ですが、そのうえに、中学中退、沖縄県人という履歴が、さらに貘さんの暮らしをひどく不安定なものにしていました。

求人広告を見てゆくと、入り口に「朝鮮・琉球おことわり」とれいれいしくはってあるのはしょっちゅうでした。まったく不当な話です。

ここでかんたんに沖縄の歴史をふりかえ

ってみましょう。地図をみると、日本の玄関石のような島ですね。縄文時代以前から、日本人の祖先たちは、石垣島、多良間《たらま》島、宮古島、沖縄本島、そして奄美《あまみ》大島、屋久島を経て、九州へと飛び石づたいに本州へやってきた、南方からの重要な一ルートでした。逆に、九州からの漁民や農耕民の移動も多くあったことでしょう。

民俗学者の柳田国男は『海上の道』という本のなかで、そのことをくわしく調べています。沖縄周辺の島々が、古代まっさきにひらけたのは、特産の宝貝のせいだったろうと想像しています。人間がまだ金銀を知らず、宝石の採りだしかたもわからず、美しい貝がらが貨幣のように使われ、首かざりの唯一の原料ともなっていた、古い古いむかしのことです。

沖縄はむかし、琉球ともいわれていて、奈良時代から、本土と交渉がありましたが、大和からはあまりに離れた島だったので、琉球は琉球でいくつかの独立国となり、十二世紀のころから代々、按司《あじ》と称する支配者がそれぞれの国を治めるようになりました。やがて、尚巴志《しょうはし》という按司が、小王国をつぎつぎにほろぼして、沖縄を統一して、首里に都を築きました。

十四世紀、日本が室町時代にはいろうとするころ、中国の明は「臣を称して貢物《みつぎもの》を持ってくるように」と申し入れてきたのです。

琉球はそのとおりにし、留学生を送り、中国から帰化する人も多く、大陸との交渉は深くはなりましたが、これは貿易をする儀礼上の形でした。王朝は何代もかわりましたが、琉球はまだはっきり中国のものとも、日本のものとも定まらず、独立国としての面目は失いませんでした。

一六〇九年、江戸時代のはじめに、薩摩藩（鹿児島）の島津家久が、一挙に琉球を攻めて、首里（首都）をおとし、琉球王はとらえられました。それからの琉球は、三百年にわたって薩摩藩の支配下に置かれることになり、日本の政治形態のなかに、はじめて、はっきりと組み入れられたのです。

薩摩藩は、さとうや布をきびしくとりたて、琉球をしぼりあげたので、たくさんのあわれな話を島々に残すことになります。薩摩藩が明治維新で大活躍をして、指導的位置にたてたのも、長いあいだ、琉球からしぼりあげた富のたくわえがあったからだといわれています。明治になって、徳川時代の藩はつぶれ、琉球は、明治十二年（一八七九）、日本の沖縄県となりました。

奈良時代の文献に「阿児奈波《おちなは》島」という呼び名はすでにでており、そうした古い呼び名に「沖縄」の当て字を使ったのです。「琉球」という呼び名は、中国がつけたものでした。

沖縄に残る『おもろ草紙』は、古代より、口から口へと伝えられてきたうたのかずかずを採集したものですが、日本の奈良朝、平安朝のことばともあい通じるものがあって、みやびやかなものいいが、そっくり残っていることに、おどろかされます。記紀歌謡、万葉集、祝詞《のりと》、催馬楽《さいばら》にうたわれている、古い日本語と共通したものを、ふんだんにもっていて、六、七世紀まではまったくおなじ姉妹語であったことがわかります。

独立国のころつちかった沖縄独特の文化は、美術に、舞踊に、染色にと花ひらいて、いまに残るその雄渾《ゆうこん》な美しさに、美術の専門家たちは、目を見はっているのです。

祖先はおなじいとこどうしでありながら、なんということでしょう。大正時代には沖縄県人というと、まるで野蛮な異人種のように見て、かろんじたり、差別したりする人がじつに多かったのです。

現在はそういうことがすっかりなくなっているでしょうか。第二次世界大戦で沖縄は、いちばん大きな犠牲をはらわせられ、十代の少年、少女までが「健児隊」「ひめゆり部隊」としてたたかい、むざんな死にかたをしたのですし、戦後は島ぜんたいがアメリカの軍事基地となってしまって、異国のように日本から切りはなされているのに、わたしたちは意外に沖縄のことに無関心だし、知ろうともしていないようです。「なんにも知らない」「関係ない」ということは差別とまったくおなじ罪かもしれないのです。

会話

お国は？　と女が言った
さて、僕の国はどこなんだか、とにか
く僕は煙草《たばこ》に火をつけるんだが、刺青《いれずみ》と蛇皮線などの連想を染めて、図
案のような風俗をしているあの僕の
国か！
ずっとむこう

ずっとむこうとは？　と女が言った
それはずっとむこう、日本列島の南端
の一寸《ちよつと》手前なんだが、頭上に豚をの
せる女がいるとか素足で歩くとかい
うような、憂鬱な方角を習慣してい
るあの僕の国か！
南方

南方とは？　と女が言った。
南方は南方、濃藍《のうらん》の海に住んでいるあの常夏《とこなつ》の地帯、竜舌蘭《りゅうぜつらん》と梯梧《でいご》と阿旦《あだん》とパパイヤなどの植物達が、白い季節を被《かぶ》って寄り添うているんだが、あれは日本人ではないとか日本語は通じるかなどと談《はな》し合いながら、世間の既成概念達が寄留《きりゅう》するあの僕の国か！
亜熱帯
アネッタイ！　と女は言った
亜熱帯なんだが、僕の女よ、眼の前に見える亜熱帯が見えないのか！　この僕のように、日本語の通じる日本人が、即ち亜熱帯に生まれた僕らなんだと僕はおもうんだが、酋長だの土人だの唐手《からて》だの泡盛《あわもり》だのの同義語でも眺めるかのように、世間の偏見達が眺めるあの僕の国か！
赤道直下のあの近所

ふたたび貘さんにもどりましょう。「会話」というこの詩には、世間の人々の無知にたいする、じれったさが、いかりが、にじみでています。

湿気の多い、おなじ亜熱帯地域に住みながら、まるで別世界でも眺めやるように沖縄のことをきく本土の女……、貘さんの詩には、「会話」をのぞいて、差別されたり、いやしめられたり、苦しんだりしたことはほとんどでてきません。

けれど人一倍傷つきやすく、誇り高かった貘さんが、「朝鮮・琉球おことわり」のはり紙などから、心の傷を深くし、血を流しつづけていただろうことを、古い友人たちは知っていました。

妹へおくる手紙

なんという妹なんだろう
——兄さんはきっと成功なさると信じています。とか
——兄さんはいま東京のどこにいるのでしょう。とか
人づてによこしたその音信のなかに
妹の眼をかんじながら
僕もまた、六、七年ぶりに手紙を書こうとはするのです
この兄さんは
成功しようかどうしようか結婚でもしたいと思うのです
そんなことは書けないのです
東京にいて兄さんは犬のようにものほしげな顔しています
そんなことも書かないのです
兄さんは、住所不定なのです
とはますます書けないのです
如実的《によじつ》な一切を書けなくなって
といつめられているかのように身動きも出来なくなってしまい 満身の力をこめてやっとの思いで書いたのです
ミナゲンキカ
と、書いたのです。

「如実的」とは、ありのままという意味です。なんだかおかしくなってきて、笑ってしまうのですが、くりかえし読んでいると哀しくなってきて、人間そのものへのいとおしさが、ふつふつとわいてくるような、忘れがたい詩ではありませんか。じっさい

に貘さんは、親兄弟へはがきを書くこともまれで、音信不通といっていいありさまでした。生きることと、詩を書くことで、せいいっぱいだったのでしょう。

貘さんは住所不定のルンペンでしたから、警官の不審尋問にひっかかることがよくありました。

「詩人です」といってみても、「山之口貘です」といってみても無名ですし、それがとおるわけもありません。高びしゃな警官にさんざんいやな思いをさせられたあげく、貘さんは一計を案じました。

詩人の佐藤春夫のところへいって、

「このものは詩人で、善良な東京市民である。　佐藤春夫」

という証明書を書いてもらいました。佐藤春夫の詩をとくに尊敬していたからではなく、佐藤春夫という有名人の名をちょっと拝借というところでした。ルンペン暮らしの貘さんを、佐藤春夫はおもしろがり、またその詩もみとめてかわいがってくれたので、貘さんはにっちもさっちもいかなくなると、佐藤邸のある小石川関口台町の音羽《おとわ》の坂をのぼってゆきました。

佐藤春夫のすがたをみかけると、指で丸をこしらえてみせました。「お金あるか？」という合い図です。春夫が首をふったときは、すたすた、いまきた道をもどってゆきますし、「ある」とうなずくとはいっていって、おこづかいをもらったりしました。

ある日、佐藤邸をおとずれた貘さんは、かわいい飼い犬をみて「なんという名ですか？」とききました。春夫はだまっています。聞こえなかったのかと、二度おなじ質問をすると、春夫はじつになんとも困った顔をして「バクというんだ」といいました。

そして犬のバクと、人間のバクとはまるっきりちがうんだということを表現すべく、犬のバクのおしりを力いっぱいけとばしました。

春夫もまた貘さんの人柄を深く愛したひとりでした。生涯変わらず、なにくれとなくめんどうをみてくれたので、貘さんもきもにめいじてそのことをありがたく思っていました。

さて、佐藤春夫の書いてくれた身分証明書は、効果を発揮することもあり、そうでないときもありました。警官のなかには佐藤春夫の名まえを知らない人もいたからです。

貘さんはまたまた一計を案じて、沖縄でのおさな友だち、伊波南哲《いばなんてつ》をおとずれました。伊波南哲とは少年時代、ともに詩を語り、トルコ石のようにとろりと深く、まっさおな沖縄の海べを好きな詩を朗読しながら、さまよったなかでした。伊波南哲もやがて上京して、警官になり、宮城前のポリス・ボックスに立っていました。そして『南国の白百合』という詩集をだしたところ、それが評判になって、「巡査詩人」として新聞に大きく報道されました。そんなことから居場所がわかったのです。

伊波南哲がいつものように宮城の護衛に立っていると、なかまの警官が、

「おい、この男、きみと同郷といってるが、ほんとうかね」

と疑わしそうにひとりのルンペンをひっぱってきました。垢じみておんぼろのルンペンが貘さんというわけでした。

ふたりは再会を喜びました。伊波南哲は貘さんの願いをこころよく聞き入れて、

「山之口貘氏は同郷の友人で、身元いっさ

い を保証します」と巡査の名刺に書いてくれました。それからは、インテリ用には佐藤春夫の身分証明書を使い、文学に無縁のような警官には伊波南哲の名刺をみせ、二刀流の魔よけとして、しばしば浮浪者狩りをまぬかれたのでした。

昭和八年ごろ、貘さんは南千住の泡盛屋（沖縄の酒を売る店）の、「国吉真善《くによししんぜん》」で、はじめて金子光晴に出会いました。

金子光晴はあとの章でくわしく書きますが、かれもまた、放浪詩人というにふさわしく、ヨーロッパ・東南アジアを五年近くも無一文で歩きまわってきたばかりでした。光晴は長い放浪の旅で、国籍だの学歴だの、そんなものがいかにくだらないかを骨身にしみてさとっていました。かれはただ個人としてのはだかの人間しか認めようとしなかった人です。

光晴は、はじめて会った貘さんのなかに、よき人間、すぐれた詩人、いわば「人間のなかの宝石」をひとめでまっすぐ見ぬいたのでした。

沖縄県人、中学中退ということで本当に軽んじられていた貘さんに、この光晴の気持ちが太陽光線のように伝わらなかったはずはありません。

「遊びにこいよ」といわれて、初対面の日から一週間ばかりたってから、貘さんは、金子家をおとずれました。金子家といっても、新宿の「竹田屋旅館」の間借り八じょう間で、世帯道具はなに一つないガランとした殺風景なへやでした。

光晴は貘さんを歓待したく思いましたが、なにぶん光晴も無一文に近いありさまだったので、モーニングのしまのズボンを質屋に入れ、五円借りて、神楽坂の「白十字」という店でいっしょにご飯を食べました。一円あれば、かなりの大ごちそうが食べられた時代でした。

貘さんもまた、光晴のなかに、自分とおなじようなボヘミアン気質《かたぎ》――社会の道徳や名誉を無視して、人間らしい人間として、自由気ままに生きてゆく、その代償として貧乏につぐ貧乏がおそってきてもへいちゃらさ――、そういう自由人を見たのでした。

苦労にきたえあげられた貘さんのほうもまた、人間のほんもの、にせものをパッと見ぬいてしまう、眼力をそなえていたのです。

ふたりは生涯を通じての、腹をわった男同士の親友となりました。一匹狼と一匹狼の友情でした。

ふたりでなにか食べようというとき、光晴は、

「ちょっと待って、貘さん！」

といって、よくいずかたへともなく消え失せました。ふたたび現れた光晴は、今まで着ていたはおりがなくなっていたり、持ち物がなくなっていたりしました。

芝居の早変わりのようにあざやかに質屋でお金にかえていたのです。ぼーっとしていた貘さんには、すぐにそれとは気づかせないくらいの、さりげない早わざなのでした。

2　求婚の広告

やがて貘さんは、結婚したくて結婚したくてたまらなくなりました。放浪生活のうちに三十歳をこえたのですが、女の子たちは貘さんのことを「おじさん」「おじさん」

としたいましたが、だれも貘さんのお嫁になろうとしなかったので、かれは大いにくさりました。
「傘」という詩のなかでは、

僕でさえ　男のつもりで生きるんだから生きるつもりの男なら　なおさら
なんだよ元気を出せ

とみずからにもハッパをかけ、

現金

誰かが
女というものは馬鹿であると言い振らしていたのである。
そんな馬鹿なことはないのである
僕は大反対である
諸手《もろて》を挙げて反対である
居候《いそうろう》なんかしていてもそればかりは大反対である
だから
女よ
だから女よ
こっそりこっちへ廻っておいで
ぼくの女房になってはくれまいか。

若《も》しも女を摑んだら

若しも女を摑んだら
丸ビルの屋上や煙突のてっぺんのような高い位置によじのぼって
大声を張りあげたいのである
つかんだ
つかんだ
つかんだあ　と張りあげたいのである

摑んだ女がくたばるまで打ち振って
街の横づらめがけて投げつけたいので
ある
僕にも女が摑めるのであるという
たったそれだけの
人並のことではあるのだが。

というもうれつなこととなり、やがてもっとはっきりした、そのものズバリの「求婚の広告」という詩を書きます。このころの詩は、みないきいきとした傑作ぞろいです。

求婚の広告

一日もはやく私は結婚したいのです
結婚さえすれば
私は人一倍生きていたくなるでしょう
かように私は面白い男であると私もおもうのです
面白い男と面白く暮したくなって
私をおっとにしたくなって
せんちめんたるになっている女はそこらにいませんか
さっさと来て呉《く》れませんか女よ
見えもしない風を見ているかのように
どの女があなたであるかは知らないが
あなたを
私は待ち侘《わ》びているのです

男でも女でも結婚したくてたまらない気持を、こんなに率直にあらわす人はいないといっていいでしょう。こうした素朴な願いを、貘さんはじつに洗練された、しゃれた感覚で、堂々とうたったのです。貘さんは自然児なのでした。けものが成長期に達すると本能で、雄や雌が恋いしくなるのとおなじように、植物が大きくなると美しい花をひらいて昆虫をさそい、結実を願うように、ごくしぜんにお嫁さんをほしがったのです。

人間はねじくれた思考をもっていますから、おなじ願いでも、もっともってまわり、貘さんのようにはればれとはいえなくなってしまっているのです。鳥やけものや花がことばをもっていたら、きっと貘さんとおなじような表現でうたうことでしょう。

さて、この期《ご》におよんで友人たちもほっておけなくなったのでしょう。世話する人があらわれて「貘さんの見合い」ということになりました。昭和十二年（一九三七）の秋のことです。

両国の喫茶店で、貘さんとあいての女性は見合いをしましたが、ふたりともやたらにもじもじするばかりなので、その席に立ちあった金子光晴は、

「そこらをいっしょに歩いてきたらどうだい？」

とすすめました。ふたりは両国の河岸をぶらつきましたが、貘さんはポツリとひとこと、

「結婚しましょうね」

といいました。あいての女性は、

「はい」

と答えました。

貘さんは、男らしく、しみじみとした情感をこめていったのではないでしょうか。

三十分ほどして帰ってきたふたりに、光晴が声をかけると、貘さんは、

「きまりました」

とさっそうと答えました。

あいての女性は安田静江といい、茨城県結城《ゆうき》郡岡田村の岡田小学校長のむすめでした。かたくしつけのきびしい家に育った静

江は、最初この見合いに気のりしませんでした。見せられた写真が、まるで別世界の男のように直感されたからです。しぶしぶながら会ってみると、意外にも貘さんは明るくて、さわやかで、やさしそうでもあったので、心を定めて「はい」と答えたのですが、その「はい」がこれからさき、どういう意味をもったものになるのか、そのときの静江にはわかっていませんでした。

　貘さんは機械類のセールスマンというふれこみだったし、徹底的貧乏ぐらしのことも知らされていなかったし、世帯道具はいっさい新郎側でととのえるから、身ひとつでどうぞ……と聞かされていたからです。

　貘さんがあいてをだましたのではなく、なかにたった世話人が「貧乏ぐらしのこともよくよく伝えてください」という貘さんのことばを、伝えなかったためでした。真実をいったら御破算になると思ったのでしょう。なんとかふたりのなかをまとめあげようと、世話人は心をくだいていたのです。だからいっぽうの貘さんには「世帯道具は新婦側で用意する」と安心させたりしていました。

　善意からでたこととはいえ、事態はまったく、とんちんかんなことになりました。

　住まいは金子光晴の奔走で、新宿区弁天町のアパートの一室（四じょう半）が用意されましたが、十二月予定の結婚日近くになって、新郎側には寝るふとんの用意さえないということがわかりました。あわてたのは新婦側です。大いそぎでふたり分の寝具一そろいをととのえるしまつでした。

　結婚式も新婚旅行もなく、新宿の泰華楼《たいかろう》という中国料理店で、親しい人を招き、火鍋子《ホーコーズ》の鍋を三つ四つならべて、みんなでつついての結婚披露宴を、ただ一つの儀式としました。

いかにも貘さんらしい、厳粛ではありましたが、八方破れの結婚でした。貘さん、満三十三歳のときのことです。

新しい生活のスタートをきりましたが、アパートにはなにもなく、正式の仲人になっていた金子光晴、三千代夫妻は見かねて、自分の家のちゃぶ台やら、こまごました炊事道具を運びました。

外からはみじめにみえたかもしれない新婚生活も、貘さんにとっては、天国のようにかがやかしいものだったのです。たたみの上に寝られたのはなんと十六年ぶりでした。新聞紙をはりあわせてふくろをつくり、そのなかにもぐって「意外なる、あたたかさよ」と寒さをしのいできた貘さんには、新品のふとんは最高のぜいたくに思われたでしょう。新妻の作ってくれる、ままごとのような料理は、山海の珍味に思われたにちがいありません。そのころの心おどりを伝えてくれる詩があります。

畳《たたみ》

なんにもなかった畳のうえに
いろんな物があらわれた
まるでこの世のいろんな姿の文字ども
が
声をかぎりに詩を呼び廻って
白紙のうえにあらわれて来たように
血の出るような声を張りあげては
結婚生活を呼び呼びして
おっとになった僕があらわれた
女房になった女があらわれた
桐の箪笥《たんす》があらわれた
薬缶《やかん》と

火鉢と
鏡台があらわれた
お鍋や
食器が
あらわれた

話のくいちがいにおどろいた静江夫人の実家で、やがていろんなものをととのえていったことがわかります。

3　貘さんの詩のつくりかた

貘さんは推敲《すいこう》の鬼としても、だんぜん鳴りひびいていました。推敲というのは、詩や文章を何度も何度もねりなおして完成にもってゆくことです。

今までに紹介した貘さんの詩をみると、じつにらくらくとたのしげに、鼻唄まじりに書いたように見えるでしょう。けれどその楽屋うらはまったくちがっていました。短い詩を一編つくりだすためにも、二百まい、三百まいの原稿用紙を書きつぶしてしまうことはざらでした。いちばんぴったりしたことば、ぬきさしならない表現を求めて、原稿用紙をひき破り、ひき破り、できあがったときは、書きそんじの反古《ほご》のなかに埋《うず》まっていたということになるのです。原稿用紙のお金もばかにはならなかったでしょう。そして、いいことばが発見できず、苦しくなってくると、ついにはうなりだしました。これは伝説ではなく、ほんとうの話です。

佐藤春夫の紹介で、貘さんの詩は当時の一流雑誌であった『改造』に発表されたりして、一部の人からは特異の詩人として注目されていました。また単身で新聞社や雑誌社をまわり、できた詩を売りにゆきました。

そんなに苦心して完成し、発表する段階になっても、不十分な感じがしたのでしょう。「というのだった」を「というのであった」にしてほしいと編集部にはがきをだし、また思いなおして「と言ったのである」にしてくれと電話をし、「などと言うのであった」にしてくれとまた電話するといったありさまでした。編集者は、きりきり舞いをし、「編集者泣かせ」という異名をとりました。またこんな話もあります。

「貘さんの家にどろぼうがはいったんだ。のぞいてみると、ぬすむものはなに一つない貧乏世帯で、ひとりの男がつくえに向かって深夜、うなり声を発しつつなにやら書いている。さすがのどろぼうもうす気味わるくなって退散したとさ。どろぼうが、ある件でつかまったとき、前科を白状させられて、このことがわかり、調べてみるとそれが貘さんの家だったというわけさ」

たしかにいちど、貘さんの家（間借りの六じょう間）にどろぼうがはいり、しょうじにのぞいたあなのできていたことも事実でした。けれどその夜、貘さんはすやすや眠っていたのでした。

だれが最初にいいはじめたものか、異様に鬼気せまるほどの推敲の鬼と、それをかいまみてぎょっとして、なにもとらず逃げだしてゆくどろぼう氏——この二つの取り合わせは妙をえて、そちらのほうが真実らしく、みなに伝わってしまったのです。伝説ができてゆく過程をうかがわせるおもしろい話です。

貘さんは詩をつくるのに、どうしてこんなに苦労したのでしょう。

それは十九歳のときまで、沖縄で育ち、くせの強い方言――沖縄弁でしゃべったり、考えたりしていたからでした。英語で詩を書こうとするのがわたしたちにとってむずかしいように、まあそれほどではないでしょうが、貘さんはなれない標準語をためつすがめつしながら、書かなければならなかったからでしょう。それにもう一つ、貘さんの詩は頭でこしらえたものではなく、自分の血で書いたものでした。思想でも論理でも、自分の血からでたものしか書こうとしなかった人です。

博学と無学

あれを読んだか
これを読んだかと
さんざん無学にされてしまった揚句《あげく》
ぼくはその人にいった

しかしヴァレリーさんでも
ぼくのなんぞ
読んでない筈だ

博学をもって鳴ったフランスの詩人、ポウル・ヴァレリイでも、山之口貘の詩は読んではいまい。だったらかれも無学といえるんじゃないか。

まことにさっそうとした、胸のすくような、絶品の詩です。

友がみなわれよりえらく見ゆる日よ花
を買い来て妻としたしむ

石川啄木のうたですが、わたしたちは自分の無学をさとったとき、啄木のようにがっくりきたり、もっと勉強しなくちゃ……と考えたりします。それがふつうの考えかたですが、貘さんはそういう考えかたの論理をくつがえしています。ふつうの論理をくつがえすことによって、貘さんのたぐいまれなユーモアが生まれてきたのでした。

こういう気質の詩人でしたから、他人の詩や、外国の詩から影響を受けることはまったくなく、ただ自分のなかから、どもりどもり思想やことばをつかみだす、苦しい作業をつづけたのでした。

こんなふうに四苦八苦しながら完成させた詩は、なんという軽みとたのしさをもって、かがやいていることでしょう。芭蕉は「俳句にたいせつなのは軽みだ」ということをいっています。日常生活をふっと離れてしまえる、ゆとりのある遊びの精神をさしているのでしょう。

詩にもそのままいえることで、日常生活のなかでカッカとのぼせて、現実べったりで、小さいことにこせこせしていては、詩の生まれる余地はありません。貘さんはルンペン生活のなかでも、そのことを本能的に知っていた、生まれながらの詩人だったといえましょう。

年に四、五編できればいいほうでしたが、若いときからの詩もたまってきたので、詩集をだそうと思いたちました。結婚の翌年の、昭和十三年の夏に、第一詩集『思弁《しべん》の苑《その》』が、やっとでました。十五、六年間の詩ぜんぶを集めても五十九編しかありませんでした。

序文は、佐藤春夫と金子光晴が書いています。「日本のほんとうの詩は山之口君のような人達からはじまる」という題で書いた金子光晴の真意はどこにあったのでしょうか。

明治以来、日本の詩人たちは、外国の詩

を学ぶのに必死でした。やみくもに取り入れてきました。外国の詩はキリスト教からの伝統で、霊感を受けること――それは神《しん》託《たく》（神のおつげ）を聞くことを意味し、詩そのものも、日常生活より何オクターブも高いところから語りかけるというくせをもっています。キリスト教がほんとうには日本の土になかなか根づかないように、外国の詩をいくらまねしてみても、そこから日本の新しい詩が生まれるものではないということを、二度のヨーロッパ旅行で、光晴は深く感じとっていました。

そして貘さんの詩のなかに、高みから語りかけるのでもなく、教えさとすのでもない、説教調のいっさいない、すぐれた日本土着の詩を発見しました。

皮肉にも沖縄出身のかれによって、単純で深い、美しい日本語の幅がひろげられたこと。人間が生きてゆく、平凡で、だらけた人生の折り折りを愛してつかみとってくる魅力的な詩作方法。たとえおさなくても、どもっても、こういう思索方法からしか、日本のほんとうの詩は育ってはいかないのだ、という確信をこめたものでした。

佐藤春夫、金子光晴の序文はすでに、それぞれ出版の五年前、三年前に書いてもらっていたのですから、詩集をだすためのお金の準備と、例によって完璧を期しての推敲がたいへん手間どったらしいのです。

第一詩集『思弁の苑』がでたとき、貘さんは人目もはばからず、大声で泣きました。ルンペン時代も、かたときも詩稿を手ばなさず、生活が苦しくて、自殺しようかと思ったときもあったのですが、詩がまだたくさん書けそうな気がして思いとどまりました。自殺した気になったら、それからあとは、人のいやがるどんな仕事でもできるようになったといっています。貘さんにとって詩は、いわば盲導犬のような役割を果たしつつ、かれを生かし、ひっぱってきたのです。

少年時代から詩ひとすじに生きてきたかれにとって、三十四歳ではじめて第一詩集がでた喜びは大きく、万感こもごも胸に迫って、男泣きとなったのでした。

ずっとあとになって、このときのことを貘さんは詩にしています。

処女詩集

『思弁の苑』というのが
ぼくのはじめての詩集なのだ
その『思弁の苑』を出したとき
女房の前もかまわずに
こえはりあげて
ぼくは泣いたのだ
あれからすでに十五、六年も経ったろうか
このごろになってはまたそろそろ
詩集を出したくなったと
女房に話しかけてみたところ
あのときのことをおぼえていやがって
詩集を出したら
また泣きなと来たのだ

4　ミミコの詩

貘さんの詩があまりおもしろいので、かれの生きた時代背景をうっかり忘れるところでした。結婚した昭和十二年には日華事変がはじまり、世の中は騒然としてきました。

昭和十四年に貘さんは飯田橋職業安定所

に職をえて、生まれてはじめて定職につきました。戦争で人手不足となったので、あぶれていた失業者もどんどんすくいとられ、貘さんも例外ではありませんでした。

しかし日華事変、ひきつづいて起こった第二次世界大戦にも、貘さんは批判的でした。吉祥寺にあった金子光晴家へ、壺井繁治《つぼいしげじ》、岡本潤、秋山清といった詩人たちといっしょに集まり、この戦争のよからぬ実態を、正確な情報でつかむことができていたからです。

それればかりではなく、社会の底辺を、のけものにされた沖縄県人として、やはりひどいめにあっていた朝鮮人、最下級の日本人とともに、這《は》うように生きぬいてきた貘さんには、「聖戦」などとはうそっぱちということは、むしろ肌で感じられたことでしょう。

ねずみ

生死の生をほっぽり出して
ねずみが一匹浮彫《うきぼり》みたいに
往来のまんなかにもりあがっていた
まもなくねずみはひらたくなった
いろんな
車輪が
すべって来ては
あいろんみたいにねずみをのした
ねずみはだんだんひらたくなった
ひらたくなるにしたがって
ねずみは
ねずみ一匹の
ねずみでもなければ一匹でもなくなっ
て
その死の影すら消え果てた
ある日　往来に出て見ると

ひらたい物が一枚
陽《ひ》にたたかれて反《そ》っていた

この詩は、安西均《あんざいひとし》、伊藤桂一らのやっていた同人詩誌『山河』に発表されたものです。死んだネズミが、つぎからつぎからくる車にのされ、やがてするめのようになってしまったというだけに見えますが、貘さんのいいたかったのは、戦争による生命軽視を、ネズミのすがたにたくしていきどおっていたのです。

感傷も大げさな表現もないこの詩から、安西均らは、身ぶるいするようなすごみ、感動を受けとりながら『山河』に掲載しました。

同人雑誌のすみずみまで検閲のきびしい時代でしたが、これはただ「ネズミの詩」というだけで見過ごされてしまいました。のちになって、貘さんは諷刺詩の底を見ぬけなかった検閲官殿のことを、おかしそうに笑ったということです。

かれはあからさまな反戦詩は書きませんでしたが、また同時に戦争協力、戦争賛美の詩をたったの一編も書かないということで、詩人としての節操を守りとおした人でした。

昭和十五年に、第一詩集『山之口貘詩集』を山雅房《さんがぼう》から出版しました。これは第一詩集『思弁の苑』にあらたに十二編を追加して出したものです。

昭和十六年、長男の重也《しげや》が生まれましたが、その喜びもつかのま、一年ちょっとの、かわいいさかりで急死するという悲しみにあいました。そして昭和十九年、第二次世界大戦も敗色濃くなってくるころ、女の子が生まれました。

うるおいのある、美しい女に育つようにと、そういう願いをこめて「泉《いずみ》」と命名されました。貘さんの頭には、おさないころ遊びまわった沖縄の、こんこんとあふれてやまない清らかな泉の幻想があったのかもしれません。

空襲もはげしくなってきて、あかんぼうを育てながらの東京生活は危険きわまりないものになってきたので、昭和十九年の暮れ、妻の実家のあった茨城県結城《ゆうき》郡飯沼《いいぬま》村の安田家へ疎開しました。

おばあさんは背中にくくりつけられたあかんぼうを見て、

「どれどれ、このやろ、きたのかこのやろ」

といってよろこびました。この地方ではなんでも「やろう」を下につけて呼び、ネズミもネコも、「ネズミやろう」「ネコやろう」となるのでした。

貘さん一家は、安田疎開、安田疎開と呼びすてにされましたが、そうしたなかでも、泉はすくすくと大きくなり、この地方のことばを習いおぼえて、貘さんに向かって、

「コノヤロ、バカヤロ」

などという、はつらつとした女の子に育っていました。泉という自分の名まえは発音しにくかったのでしょう、なまって「ミミコ」「ミミコ」といったので、いつしかそれが本名のようになりました。貘さんは、むすめのミミコをテーマに、たくさんのほほえましい、忘れがたい詩を書き残しました。

ミミコの独立

とうちゃんの下駄《げた》なんか

はくんじゃないぞ
ぼくはその場を見て言ったが
とうちゃんのなんか
はかないよ
とうちゃんのかんこをかりてって
ミミコのかんこ
はくんだ　と言うのだ
こんな理屈をこねてみせながら
ミミコは小さなそのあんよで
まな板みたいな下駄をひきずって行っ
た
土間では片隅の
かますの上に
赤い鼻緒《はなお》の
赤いかんこが
かぼちゃと並んで待っていた

貘さんは二時間もかかって、常磐線にゆられて、そのころの職場だった、上野職業安定所に通勤しました。終戦になって、昭和二十三年まで、疎開先にいましたが、やがて一家は上京し、練馬区貫井《ぬくい》町の月田家の六じょう一間を借りて、戦後の生活をはじめることになったのでした。

そこの女主人、月田寛《かん》は、日本女子大の家政学の教授でした。はじめ二、三か月の約束で借りたのですが、ついついそのまま亡くなる日まで十五年間もいつくことになりました。家賃もはらったり、はらえなかったりの歳月でしたが、月田家では、ここころよく置いてくれました。

戦後の、住まいをめぐる争いは殺気だっていて、あちらでもこちらでも、約束がちがうと裁判になったり、うらみつらみのうずでした。そうしたなかで、月田家と貘さんのような例は、ごくまれだったといっていいでしょう。

月田家の人々もえらかったのですが、それというのも貘さん一家のなかに、そうしてあげずにはいられない人柄の魅力があったからでしょう。

ぼすとんばっぐ

ぼすとんばっぐを
ぶらさげているので
ミミコはふしぎな顔をしていたが
いつものように
手を振った
いってらっしゃいと
手を振った
ぼくもまたいつものように
いってまいりまあすとふりかえったが
まもなく質屋の
門をくぐったのだ

戦後になっても貘さんの貧乏はあい変わらずでした。十年近く勤めた職業安定所で、主事補にまでなったのですが、たまたまそのころ、人員整理があり、成績の悪い者からクビにされることになりました。ちょうど半年ほど病気で休んでいた貘さんは、自分から辞表をだしてさっさとやめてしまいました。

戦後のインフレ時代、文筆一本で立とうと決心した貘さんの暮らしは、なみたいていではなかったでしょう。

「深夜」という詩では、質屋のおやじに「いきものだけはこまる」とつきかえされて、大ふろしきをもって帰るところで目がさめて、夢だったか……とふとみると、ふろしきからころげたばかりのように、かたわらに妻と子が眠っていた——という切迫した状況を書いています。

生活の苦労を一手にひきうけたのは、静江夫人でした。貘さんの詩のなかで、静江夫人は「お金が、お金が」と泣いたり、世間の常識を代表して喰ってかかったり、「いつまで経っても意気地《いくじ》なしの文なしじゃないか」とらんぼうなことばを発する奥さんとして、でてきます。

貘さんは自分のことをまんがのように戯画化しないではいられなかったように、夫人のことも戯画化してしまっているのです。詩をくっきりとおもしろいものにするための、いわば薬味のような役割を、奥さんは受けもたされたわけなのです。

戦後、ジャーナリズムやマスコミが発達して、貧乏詩人の貘さんは、だんだん有名になり、「貧乏物語」の専門家のようになってしまいました。NHKの大みそかの深夜番組に、貘さんは、よくひっぱりだされ、いずれおとらぬつわものたち——金子光晴や草野心平などと「貧乏」について語る常連になりました。

静江夫人もまた、新聞記者やアナウンサーから、「逃げだしたいと思われたことは何度かあったでしょうね？」と質問されることが多くなりました。

「ええ」と答えると、「貘夫人が逃げだしたいと思ったことは、貘さんの推敲の数ほどあるそうだ」ということになりました。推敲の数というと、何千回、何万回ということになるわけです。

静江夫人は、またある人に「逃げだしたいと思ったことは一度もありませんでした」と語っています。どちらが真実だったのでしょう。

世の常の男たちとはまるっきりちがった、

夫としての貘さんに、情けなさ、じれったさを感じて「逃げだしてやれ」とつぶやいて、自分の心を発散させ、解放させたことはかぎりなくあったけれど、じっさいに荷物をまとめて、子どもの手をひいて実家に逃げようと決意したことはたったの一度もなかったというのが、真実だったのではないでしょうか。

「貧乏はしましたけれど、わたくしたちの生活にすさんだものはありませんでした。ともかく詩がありましたから……」

このことばをわたくしはとても美しいと思います。こまった夫よ、と思う反面、子どものような童心を失わずに詩を書きつづけてゆく、貘さんの長所を、ちゃんと視《み》て、添いとげた、すこやかさがにおっています。

思えば見合いのとき、貘さんのことばにつられて「はい」と承諾したものの、校長先生のむすめであった静江夫人は、新婚そうそうからびっくりぎょうてん、やがて大波小波となって一日の休みもなく打ちよせる貧乏をくぐりぬけ、くぐりぬけ、生活の実体をともなった、ずっしりと重い「はい」に変えてゆくための、血みどろのたたかいをつづけたのでした。

ときには夫にくってかかり、しんらつなことばをはきながらも、巣がひっくりかえらないよう、心をくばり、しっかりとミミコを育ててくれた静江夫人がいたからこそ、貘さんは、貘さんらしく生きられたといえましょう。

5　沖縄へ帰る

こうして貘さんは、詩の講演をたのまれたり、ずいひつの原稿を依頼されるとき、

「貧乏ばなしを……」と、きまって注文されるようになりました。貘さんはいつもその意に添うようにしたので「貧乏を売りものにする、鼻もちならない詩人」という悪口もきかれるようになりましたが、「その売りものの貧乏を買いもしないくせに」と、貘さんはへいきな顔をしていました。

かれにしてみれば、みなのまえに「貧乏ばなし」をデンと置くことによって、魂のなかに貧乏なんか一歩たりともふみこませない――貧乏によって魂までがシロアリに喰いあらされたように、ぼろぼろになってしまわないための、盾《たて》としたのかもしれません。

では人々はどうして貘さんの貧乏ばなしをそんなに聞きたがったのでしょう？

世のおとなたちの心の奥底には、学校時代にはきゅうきゅうしぼられて、就職すれば、社会の歯車の一つとしてがっちりはめこまれ、いやおうなく死ぬまで回転しなければならない、人生のわびしさ、つまらなさがひっそりわだかまっているのです。

そこを飛びだしてべつの生きかたをしようとすれば、こわい貧乏を覚悟しなければならず、それだけの勇気も、なかなかでてきません。

貘さんの話を聞いていると、「ああ、こんな生きかたのできた人もあったんだな」と思い、原始時代にあこがれるように、風の吹くまま、気のむくまま、生きたいという人間本来の郷愁がそくそくと湧いてくるのでした。

貧乏ばなしも、ちっともじめじめしていなくて、なんだかとてつもなくおもしろいことのように聞こえる、古典落語のような粋《いき》な味がありました。おとなのための童話のような、貘さんの「貧乏ばなし」を、人々はとても聞きたがったのです。

もう一つ有名だったのは、貘さんの「琉球舞踊」でした。「でんさ節」「浜千鳥節」「カナーヨー節」がお得意で、しだいに池袋、新宿、新橋の飲み屋の名物となってゆきました。詩人たちの集まりでも、やんやと望まれる人気がありました。

ときには背の高い貘さんが、女形に扮《ふん》してかつらをかぶり、背の低い友人の南風原《はえばる》朝光《ちょうこう》が男おどりのコンビとなって、伊波南哲の蛇皮線で舞うことがありました。珍妙ではありましたが、貘さんの踊りにはふざけたところがすこしもなく、大まじめだったので、なんともいえない気品がただよったということです。

戦後日本から切り離されてしまった、ふるさと沖縄にたいする、やるせないほどの愛情を、こういう形でださずにはいられなかったのでした。

指ぶえもじょうずで、「浜千鳥」の澄んだ音色は人の耳を思わずかたむけさせ、貘さんの人柄をとおして、その詩をとおして、沖縄の魂にふれえた人も多かったのです。

大正十四年（一九二五）に、再度上京したときから、かれはまだ一度も沖縄へ帰ったことがなく、望郷の思いは、いつもその胸に潮のように流れていました。お正月でも扇風機のいるような亜熱帯の島、目のさめるようなコバルトブルーの海、さんご礁、ガジュマルの木、パパイヤ、ブッソウゲの花、黒髪つややかな沖縄美人のこと、怪談……、貘さんは、あきることなく友だちやミミコに語っていました。

とうとうその沖縄へ帰れる日がやってきました。昭和三十三年、たくさんの友人たちの尽力で、とんとんびょうしに準備がすすみ、九月十三日、池袋の西武デパート、六階の大食堂を借りきって歓送会がひらかれました。三百人ぐらい集まりました。

友人たちは力をあわせて、無料でこの大食堂を借りるという手腕を発揮し、集まったパーティー会費のうち、半分を貘さんの旅費としてひねりだそうという作戦でした。

すべてはうまくいったのですが、かんじんの旅券がなかなかおりず、あんまり盛大な歓送会をやってもらったてまえ、いつまでも出発できないでいるのがきまりわるく、貘さんは一か月あまりいずこへともなく雲がくれしてしまうという事件もありました。

ふるさとへ帰ろうとしただけなのに、まるで遠い外国へでもいくような、めんどうな手つづきに、アメリカ軍政下におかれた沖縄のかなしみを、ひしひしと感じさせられました。

しかしともあれ、多くの友情にささえられて、十一月、念願の沖縄ゆきを実現することができたのです。三十三年ぶりの帰郷――恋人に会うようにいそいそとでかけたふるさとで、貘さんはなにかにつけて浦島太郎めいたショックを、受けずにはいられませんでした。貘さんの胸に生きつづけた沖縄は、大正時代のままでしたから無理もありません。

弾《たま》を浴びた島

島の土を踏んだとたんに
ガンジューイ（お元気か）とあいさつ
　したところ
はいおかげさまで元気ですとか言って
島の人は日本語で来たのだ
郷愁はいささか戸惑いしてしまって

ウチナーグチマディン　ムル（沖縄方
　言までみんな）
イクサニ　サッタルバスイ（戦争でや
　られたのか）と言うと
島の人は苦笑したのだが
沖縄語は上手ですねと来たのだ

ドルと英語が幅をきかせている沖縄、むかしとすこしも変わらないけしきや海、貘さんはなつかしさと当惑とを、こもごもに受けとって、翌三十四年のお正月すぎに、日本へもどりました。アメリカの「不沈母艦・沖縄」をまのあたりに見てきた貘さんは、子どもむきの本のなかでさえ、「沖縄が戦前のように日本の手にかえって、軍事基地でなくなるとき、この地球の上に、ほんとうの平和が訪れてくるのではないでしょうか」と書かずにはいられませんでした。

沖縄からもどった昭和三十四年の春、うれしい知らせが舞いこみました。『定本山之口貘詩集』に高村光太郎賞があたえられることになったのでした。話がすこしあともどりしますが、沖縄へたつ四か月前に『定本山之口貘詩集』が出版されていたのです。

これは新しい詩集ではなくて、貘さんのファンがふえてきて、その詩集を読みたいという若い人も多いのに、第一詩集『思弁の苑』も、第二詩集『山之口貘詩集』もすでに手にはいらないありさまだったので、この二つをまとめて復刻し、つまりはおなじものを、新しく出版したのです。

そんな古いものに授賞されるのは、貘さんとしても意外だったのでしょう。

「天才は同時代の人から理解されないとむかしの人はいった。ぼくが賞をもらったのは、二十年前にだした『山之口貘詩集』によってである。とすると、ぼくの詩が理解されるようになったのは、人の目にふれてから二十年後というわけで、ぼくも天才がかったのではないかと思ったりする。もっともぼくの天才は、詩そのものの才能というより、作品を作る方法の面においてであろう」と、人をくった、しかしもっともな感想をのべています。

貘さんが生前にだした詩集は、この三さつ（正確には二さつ）しかありませんでした。

6 精神の貴族

貘さんを知っていた人たちは、みんな口をそろえて、かれのことを「精神の貴族」だったといっています。このことばがとても新鮮にひびくのは、「精神の貴族」といえるような人が、すくなくなり、それを目ざす人もまた、現代には見あたらないためでしょう。

貘さんは、ポケットに一文もないときだって、いい調子で唄い、「きょうはお金があるからごちそうしよう」というので、ついていってみると、いくらももっていなくて、ごちそうされるはずの人がごちそうをすることになったりするのでした。それでも、貘さんにおごった人は、逆に貘さんにすっかりおごられたような、まったく豊かな気持ちになったといいますから、まさに、現代の魔法でした。

貘さんは、戦後はずっと、練馬区貫井町の月田家に、間借りをしていましたが、自分で彫った表札を門にうちつけると、それが大きく豪華すぎて、家主の月田さんのほうが「山之口貘方」にみえてこまったりしました。万事がその調子でした。

貘さんは詩を書き、雑文を書き、講演し、テレビにもでていっしょうけんめい働きましたが、生活はらくになりません。一編の詩をつくるのに四年もかけるような潔癖さでは、採算がとれるはずもなかったのです。

生涯、借金につぐ借金で、首がまわらず、たいていの人なら、いじけてしまうところですが、貘さんはだれよりも貧乏したのに、心は王侯のごとしという、ふしぎな豊かさをますます自分のものにしていった人でした。そのみごとな心意気が、多くの人をひきつけずにはいなかったのでしょう。町で、飲み屋で、喫茶店で、新しい友だちがいっぱいできてゆきました。

そして古くからの友人、伊波南哲、金子光晴、佐藤春夫、高橋新吉といった人々との友情も、生涯変わることがありませんでした。古い友情を生涯もちつづけるのは、むずかしいことです。

環境も変わり、考えも変わり、いつのまにか、親しさの糸がプツンと切れ、居どころさえわからなくなるのがふつうです。まして
や友人にめいわくをかけとおしの貘さんに、古くからの友だちがそれをちっともめいわくとは感じないで、よろこんでつきあってきたというのは、かれの人柄が、まやかしものではなかった、なによりの証拠です。

貘さんは人間の好き嫌いがはげしく、人間の上等品か、下等品かをすぐに見破る目をもっていましたが、そんなことは心の奥に秘めて、だれとでもやさしくつきあいました。その詩のテーマがほとんど「人間」にしぼられていて、花鳥風月をうたわなか

ったのも、貘さんのかぎりない人間愛を示しているものかもしれません。

とても低い声で静かに話し、感情にかられてどなるなどということはいちどもなく、ことばづかいもていねいで、礼儀正しいのでした。

節度をわきまえた、りっぱな紳士でした。

首

はじめて会ったその人がだ
一杯を飲みほして
首をかしげて言った
あなたが詩人の貘さんですか
これはまったくおどろいた
詩から受ける感じの貘さんとは
似ても似つかない紳士じゃないですか
　と言った
ぼくはおもわず首をすくめたのだが
すぐに首をのばして言った
詩から受ける感じのぼろ貘と
紳士に見えるこの貘と
どちらがほんものの貘なんでしょうか
　と言った
するとその人は首を起こして
さあそれはと口をひらいたのだが
首に故障のある人なのか
またその首をかしげるのだ

写真をみるとうなずけます。まるで大学者か、哲学者のように瞑想的な容姿です。残飯でも……と願ったりしたことのある顔とは、とうてい思われません。そして若いときからの写真をみると、それが生まれつきのものではなく、「四十すぎたら自分の顔に責任をもて」といわれるような、自分自身で作りあげてきた、顔のたたずまいであったことがわかります。

貧乏にあえぎながらも、仕事道具にはぜいたくで、新婚時代のぴいぴいのころ、伊勢丹デパートで一番高価なしんちゅう製の電気スタンドを買ってきたり、万年筆も上等でなければおさまらなかったし、原稿用紙の好みもなかなかにうるさいのでした。

晩年は貘先生と呼ばれることが多くなり、それがぴったりの風格になってきました。

貘先生の仕事連絡場所は、池袋駅前のコーヒー店「小山」でした。六じょう一間に親子三人の間借り生活では不つごうなことも多く、喫茶店で原稿の注文をとったり、わたしたりしました。ベレーをかぶった貘さんが一ぱいのコーヒーをとって、無念無想、じっとすわっているすがたが、毎日正午から一時すぎまでのあいだに見られました。

そこに確実に一時間、いることがわかると、しまいには、借金取りまでやってくるようになりました。

ある日、ひとりの雑誌記者が「貘先生、ひとつ桃の節句の詩を書いてください」とたのみました。

桃の花

いなかはどこだと
おともだちからきかれて
ミミコは返事にこまったと言うのだ
こまることなどないじゃないか
沖縄じゃないかと言うと
沖縄はパパのいなかで
茨城がママのいなかで
ミミコは東京でみんなまちまちと言うのだ
それでなんと答えたのだときくと

パパは沖縄で
ママが茨城で
ミミコは東京と答えたのだと言う
一ぷくつけて
ぶらりと表へ出たら
桃の花が咲いていた

むすめを素材にしながら、貘さんが考えていたことは、国もへったくれもなくなって、国境なんかもなくなって、「パパはモスクワのいなか、ママはカリフォルニア生まれ、わたしはアフリカ産よ」と、世界じゅうのミミコたちが、みんな、なんでもなく、そんなふうにいえるようになって、「女の子の祭り」ができたらいいなあ……。貘さんの心に、そういう気持ちが動いてできた詩のように思われてなりません。「桃の節句」という題をだされて、こういう詩の書けたかれは、まったく、しゃれた詩人でした。

ミミコが成長して早稲田大学の露文科へ入学した、昭和三十八年の春、貘さんは胃に変調を感じるようになり、好きなお酒も飲めなくなりました。胃かいようと診断されましたが、入院費用も手術代もありません。

朝日新聞の調査部に勤めていた、詩友の土橋治重《どばしはるしげ》のところへあらわれた貘さんは、悲しそうでした。

「金はなんとでもなるよ、集めるよ、三、四十万あればいいんだろう？」

大いにはげましたのですが、

「ううん、それくらいあればあまるが……。借金ばかりでせまくなっている世間を、またせまくして……」

と、とてもつらそうでした。

貘さんの病気は胃かいようではなく、胃がんであることがはっきりしたので、土橋治重は奉賀帳（カンパ帳）をもって、まっさきに佐藤春夫のところへかけつけると、春夫は二万円と大きく書いてくれました。詩友の金子光晴、緒方昇、三越佐千夫、サンケイ新聞記者の有馬祐人といった人たちも力をあわせ、走りまわり、三さつのカンパ帳をまわした結果、またたくうちに目標額を突破したお金が集まりました。

「貘を救おう！」

という呼びかけに応じた人が、いかに多かったかがわかります。

　貘さんはゆうゆうと新宿区の大同病院に入院できて、やはり沖縄出身の医師、比嘉《ひが》博士の手で手術を受けることができました。けれどふたたび立つことはできませんでした。

胃

米粒ひとつも
はいっていないのだから
胃袋が怒りで
いっぱいなのだ

　かつてそう書いた貘さんは、病床でつらつら考えるに、若いときからあまりに胃ぶくろを虐待しすぎたから、いまになって復讐されたのだと苦笑せざるをえませんでした。きとくになって、かけつけた晩年の友、周《す》郷《ごう》博《ひろし》（お茶の水女子大学教授）に、

「周郷さん、ぼくはね、詩人としてきたえた魂で生きてきたんだよ」

と、いわずにはいられないというように、そういったのは、なくなる二日前でした。たまたまあらわれた周郷博を友人代表に

選び、

「みなさん、おさらば、いろいろとありがとう」

と、そういいたかったのではないでしょうか。それがこうした貘さん流の表現となったような気がしてなりません。

　葬儀は、貘さんの好きだった人間くさい街——池袋の近くの雑司ヶ谷霊園で行なわれました。クチナシの花の強くにおう、昭和三十八年七月二十四日のことでした。参会者にくばられたあいさつ状には、貘さんの詩「ものもらいの話」の一節と、「告別式」の二つが印刷されていました。かれがまだぴんぴんと元気なころ、「告別式」という詩をすでに書いていたからです。

告別式

金ばかりを借りて
歩き廻っているうちに
ぼくはある日
死んでしまったのだ
奴もとうとう死んでしまったのかと
人々はそう言いながら
煙を立てに来て
次々に合掌してはぼくの前を立ち去った
こうしてあの世に来てみると
そこには僕の長男がいて
むくれた顔して待っているのだ
なにをそんなにむっとしているのだと
きくと
お盆になっても家からの
ごちそうがなかったとすねているのだ
ぼくはぼくのこの長男の
頭をなでてやったのだが
仏になったものまでも

金のかかることをほしがるのかとおもうと
地球の上で生きるのとおなじみたいで
あの世も
この世もないみたいなのだ

五百人の参会者のなかには、飲み屋のねえちゃん、靴みがきのおっさん、ツケのたまっていた喫茶店のマダムなどもはいっていて、この愛すべき詩人――だれよりも貧乏なのに現代日本のどんな大金持ちよりも豊かに、ぜいたくに生きた、まったくふしぎな貘さんを、なごり惜しく、涙ながらに送ったのでした。五十九歳で貘さんはこの世におさらばしたのでした。

貘さんのお墓は、千葉県松戸市の八柱《やはしら》霊園にあり、「山口家の墓」と本名で刻まれています。

貘さんがまだ元気だったころのある日、「きょうは文学散歩といこう」といって、むすめのミミコをつれて、三鷹の禅林寺にいったことがありました。この寺に森鷗外と太宰治の墓が向かいあって立っています。それを見て貘さんは、ふっと、

「鷗外は森林太郎之墓と本名で刻まれてるからいいけれど、太宰治はかわいそうだね。ペンネームで刻まれちゃったりして」

といいました。そんなむかしのことをむすめのミミコはおぼえていて、父の気持ちにそうように、「山之口家」ではなく「山口家」と本名で刻むことにしたのです。

一生、ルンペンと間借り生活で、自分の家をとうとうもつことのできなかった貘さんが、死後になって妻とむすめの尽力で墓地の小さな土地(五平方メートル)を手に入れ、そこへちんまりおさまることになり

ました。

むすめのミミコには、それがこっけいでもあり、かわいそうでもありました。「間借りしているのに墓を買うなんて、おかしな話だ。ぼくが死んだら粉にして吹きとばしてくれ」といつもいっていた父、葬式の儀式いっさいにともなう通俗性をとてもきらっていた貘さんだったからです。

赤いはなおのげたをはいて疎開先を闊歩《かっぽ》していたミミコも、いまでは、大きく成長してむすめざかりになりました。そして父のことをだれよりも深くじっと見つめられるようになったのです。「お墓の中の私のパパ」という文章で、ミミコ――泉さんはこう書いています。

「貧乏だったからこそ貘さんはよい詩が書けたのだという人がいます。そういう人はたいてい最後につけ加えます。人間、金をもっちゃおしまいだと。

たぶんその人はぎりぎりの貧乏に追いつめられたことがないのだろうと、私はいつも考えます。だってお金はないよりあるほうが良いのです。たとえそれをもつものが詩人であろうと絵描きであろうと、お金がたくさんあるのにこしたことはないのです。それなのに貧しくない芸術家を軽蔑してみせる人は意外に多いようです。おかしな話だと思います。

だって、それこそ、芸術がお金に左右されるものではないということを、人はむかしからちゃんと心得ていたはずではなかったのでしょうか。貧乏詩人というと、ただそれだけで好意を示すような人にかぎって、芸術は神聖だ、などとつぶやくので私はとまどってしまうのです。

芸術家と呼ばれる人々も、他の人々とお

なじようにお金をもつべきだと思います。お金をもったら消えてしまうような作品のきびしさは、きびしさではありません」

鋭い考えかたです。貘さんがただ貧乏詩人ということで、おもしろがられ、読まれることへの抵抗もふくまれています。貘さんが、お金持ちというほどではなくても暮らしにこまらなかったとしたら、いまよりもずっとたのしい詩を、ずっとたくさん残したことになったかもしれません。たまたま貧乏だったので、そういう詩も多くなったのですが、それが貘さんの詩の本質ではなかったことを、泉さんは、はっきり見ているようです。

なくなってから一年半たった、昭和三十九年の暮れに、貘さんの第三詩集『鮪《まぐろ》に鰯《いわし》』が出版されました。生前、その三分の一は整理して、準備をしてあったのですが、そのあとを受けて泉さんが一さつにまとめあげました。昭和十六年からなくなるまでの詩、百二十六編が集められています。

四十年以上、詩ひとすじに生きてきた人なのに、作品の数は、ぜんぶ合わせても二百編ぐらいという、すくなさでした。けれど、いずれも粒よりで、大正時代の詩でも、ちっとも古くさくなく、たったいま、海からひろいあげたばかりの宝貝のように、新鮮に光っています。

貘さんは、時代からの影響を受けることのすくなかった詩人でした。こうして年代をたどってみると、だいたいどんな時代を生きた人かわかりますが、詩だけを読んでゆくと、時代的背景などはかすんでしまって、ただかれの「精神の貴族」としての、強烈な個性だけが受けとられるのです。

宮沢賢治も明治二十九年（一八九六）に

生まれ、昭和八年(一九三三)に死亡し、ちょうど貘さんより七つ年上で、同時代を生きた詩人ですが、賢治もまた、貘さんとおなじように、個性のほうが強くかがやいて、日本のどういう時代に生きた人か……ということをあまり感じさせません。

宮沢賢治は北国の岩手県生まれ、貘さんは南国の沖縄生まれ、それぞれのふるさとを愛し、ふるさとへの思いをうたいましたが、ふたりとも一地方性をスポンと抜けだしてしまっていて、その作品が日本人ぜんぶの遺産となっているところも似ているようです。

島崎藤村、与謝野晶子、高村光太郎、石川啄木、萩原朔太郎、金子光晴などは、「時代の子」といっていい面をそれぞれにもっています。宮沢賢治、山之口貘などには、そうした性格がうすく、平安時代に生きても、戦国時代に生きても、賢治は賢治であり、貘は貘でありえたでしょう。

二つのタイプのうち、どちらがいい、どちらが悪いとは、けっしていえません。ただ詩人の気質のちがいだけです。貘さんのえらかったところは、そうしたことでいちどもふらふらしなかったことでしょう。ルンペン時代、

「そんな詩を書いているくらいなら、階級意識にめざめて、プロレタリア詩を書け」という批判が集中したことでしょう。戦後になっても「詩論がない」とか、「沖縄の本土復帰運動に、もっと政治的に積極的にとりくんだらどうだ」という悪口もきかれました。どんな悪口や批判にも平然としていたのは、よほどゆるぎのない自信があったからでしょう。

集団を信じてもいませんでしたし、一プ

ラス一は二という、単純な算数では解決できないものを探った詩人でした。自分の気質に忠実に、あくまで一匹狼をつらぬきとおした、強さと聡明さが、貘さんの詩を、いつまでも風化させない原因なのかもしれません。

初出一覧

詩集『対話』一九五五年十一月、不知火社刊行。／二〇〇一年六月、童話屋より新装版刊行。

魂（「詩学」一九五二・三）／根府川の海（「詩学」一九五三・二）／対話（「ポエトロア4」一九五四・七）／ひそかに（「詩学」一九五三・八）／方言辞典（「櫂1」一九五三・五）／秋（「櫂4」一九五三・十一）／武者修行（「櫂3」一九五三・九）／行きずりの黒いエトランゼに（「詩学」一九五四・一）／内部からくさる桃（「詩学」一九五四・十）／こどもたち（「詩学」一九五五・十）／或る日の詩（「詩学」一九五五・十）／知らないことが（「詩学」一九五五・十）／もっと強く（「郵政」一九五五・七）／小さな渦巻（「詩学」一九五五・六）／劇（「詩学」一九五五・六）／いちど視たもの（「詩学」一九五五・八）／準備する（「詩学」一九五五・十）

詩集『見えない配達夫』一九五八年十一月、飯塚書店刊行。／二〇〇一年二月、童話屋より新装版刊行。

見えない配達夫（「詩学」一九五七・一）／敵について（「現代詩」一九五七・九）／ぎらりと光るダイヤのような日（「現代詩」一九五七・五）／生きているもの・死んでいるもの（「詩学」一九五七・七）／ジャン・ポウル・サルトルに（「現代詩」一九五六・七）／悪童たち（「ユリイカ」一九五八・六）／六月（「朝日新聞」一九五六・六・二十一）／旅で出会った無頼漢（「季節12」一九五八・九）／山の女に（「詩学」一九五六・一）／わたしが一番きれいだったとき（「詩文芸」一九五七・二）／学校　あの不思議な場所（「いずみ」一九五八・九）／小さな娘が思ったこと（「婦人生活」一九五八・三）／あほらしい唄（書き下ろし）／はじめての町（未詳）／奥武蔵にて（未

詳）／くだものたち（「ユリイカ」一九五七・二）／夏の星に（「花椿」一九五八・八）／大学を出た奥さん（「現代詩」一九五八・六）／せめて銀貨の三枚や四枚（未詳）／怒るときと許すとき（「文学界」一九五八・二）／おんなのことば（「詩学」一九五七・六）／友あり 近方よりきたる（「詩学」一九五八・一）

詩集『鎮魂歌』一九六五年一月、思潮社刊行。／二〇〇二年二月、童話屋より新装版刊行。

花の名（書き下ろし）／女の子のマーチ（「現代詩」一九五九・七）／汲む（「いずみ」一九六二・一）／海を近くに（「学園1」一九六二）／私のカメラ（未詳）／鯛（「文芸」一九六三・二）／最上川岸（「文学界」一九六一・十、原題「稲田を走り」）／大男のための子守唄（「銀婚3」一九六〇・四）／本の街にて（「詩学」一九六一・三）／七夕（未詳）／うしろめたい拍手（「詩学」一九六四・四）／りゅうりぇんれんの物語（「ユリイカ」一九六一・一）

はたちが敗戦／『ストッキングで歩くとき』（堀場清子編・たいまつ新書36、一九七八・五）に書き下ろし。／花神ブックス1『茨木のり子』一九九六年七月、花神社刊行に収録。

第一詩集を出した頃／花神ブックス1『茨木のり子』一九九六年七月、花神社刊行。

「櫂」小史／現代詩文庫20『茨木のり子詩集』一九六九年三月、思潮社刊行。

語られることばとしての詩／『日本語の発見』一九六九年五月、未来社刊行。／『言の葉さやげ』一九七五年十一月、花神社刊行に収録。

ラジオドラマ　**埴輪**／一九五八年十一月二十三日、TBSラジオ芸術祭参加ドラマ（演出・酒井誠、音楽・林光、出演・滝沢修、山本安英、左幸子、中村梅之助）として放送される。一九五七年九月刊行の『櫂詩劇作品集』（的場書房）に収録した同名作品を再構成したもの。

童話　**貝の子プチキュー**／執筆は十代の終り頃と思われる。一九四八年、二十二歳のとき、NHKラジオ放送で山本安英が朗読。一九五六年五月十八日、木下順二「私の好きな童話――貝の子プチキュー」としてNHKラジオで、山本安英の朗読が再放送される。以後、浜田寸射子らによって、舞台でくり返し朗読される。

民話　**おとらぎつね**／一九六九年五月、『おとらぎつね――愛知県民話集』として、さ・え・ら書房より刊行。十二篇のうちの一篇。

うたの心に生きた人々　より　**山之口貘**／『うたの心に生きた人々』一九六七年十一月、さ・え・ら書房刊行。／一九九四年九月、「ちくま文庫」に収録。与謝野晶子、高村光太郎、山之口貘、金子光晴の四篇で構成されている。本巻では「ちくま文庫」版に拠っている。なお、本章は一九九九年四月『貘さんがゆく』として詩篇を増補し、童話屋より刊行。

（大西和男編「年譜――作品を中心として」〈花神ブックス1『茨木のり子』〉を参照させていただきました。）

茨木のり子著作目録

一九五五年『対話』(不知火社、二〇〇一年、童話屋より新装版)
一九五八年『見えない配達夫』(飯塚書店、二〇〇一年、童話屋より新装版)
一九六五年『鎮魂歌』(思潮社、二〇〇一年、童話屋より新装版)
一九六七年『うたの心に生きた人々』(さ・え・ら書房、一九九四年、「ちくま文庫」)
一九六九年『茨木のり子詩集』〈現代詩文庫20〉(思潮社)
〃『おとらぎつね』〈愛知県民話集〉(さ・え・ら書房)
一九七一年『人名詩集』(山梨シルクセンター出版部、二〇〇二年、童話屋より新装版)
一九七五年『言の葉さやげ』(花神社)
一九七七年『自分の感受性くらい』(花神社)
一九七九年『詩のこころを読む』(岩波ジュニア新書)
一九八二年『寸志』(花神社)
一九八三年『現代の詩人7 茨木のり子』(中央公論社)
一九八五年『花神ブックス1 茨木のり子』(花神社、一九九六年、増補版)
一九八六年『ハングルへの旅』(朝日新聞社、一九八九年、「朝日文庫」)
〃『うかれがらす』〈金善慶童話集・翻訳〉(筑摩書房)
一九九〇年『韓国現代詩選』〈編訳〉(花神社)
一九九二年『食卓に珈琲の匂い流れ』(花神社)
一九九四年『おんなのことば』(童話屋)
〃『一本の茎の上に』(筑摩書房、二〇〇九年、「ちくま文庫」)
一九九九年『貘さんがゆく』(童話屋)

〃　『個人のたたかい――金子光晴の詩と真実』（童話屋）
〃　『倚りかからず』（筑摩書房、二〇〇七年、「ちくま文庫」）
二〇〇二年『茨木のり子集 言の葉』1〜3（筑摩書房）
二〇〇四年『落ちこぼれ』（理論社）
〃　『言葉が通じてこそ、友だちになれる』〈金裕鴻と対談〉（筑摩書房）
二〇〇六年『思索の淵にて』〈長谷川宏と共著〉（近代出版）
〃　『貝の子プチキュー』（福音館書店）
二〇〇七年『歳月』（花神社）
二〇〇八年『女がひとり頰杖をついて』（童話屋）

本書は二〇〇二年八月、筑摩書房より刊行された。

ちくま文庫

茨木《いばらぎ》のり子集《こしゅう》 言《こと》の葉《は》 1

二〇一〇年八月十日 第一刷発行
二〇二三年七月十日 第十二刷発行

著者 茨木のり子（いばらぎ・のりこ）
発行者 喜入冬子
発行所 株式会社 筑摩書房
東京都台東区蔵前二―五―三 〒一一一―八七五五
電話番号 〇三―五六八七―二六〇一（代表）
装幀者 安野光雅
印刷所 株式会社精興社
製本所 株式会社積信堂

乱丁・落丁本の場合は、送料小社負担でお取り替えいたします。
本書をコピー、スキャニング等の方法により無許諾で複製することは、法令に規定された場合を除いて禁止されています。請負業者等の第三者によるデジタル化は一切認められていませんので、ご注意ください。
© OSAMU MIYAZAKI 2010 Printed in Japan
ISBN978-4-480-42751-9 C0192